非正常职业研究中心

2021奇葩职业大赏

惊人院 编著

中信出版集团 | 北京

图书在版编目（CIP）数据

非正常职业研究中心 / 惊人院编著. -- 北京：中信出版社，2021.3
ISBN 978-7-5217-2653-4

Ⅰ.①非… Ⅱ.①惊… Ⅲ.①短篇小说—小说集—中国—当代 Ⅳ.①I247.7

中国版本图书馆CIP数据核字(2021)第000243号

非正常职业研究中心

编　　著：惊人院
出版发行：中信出版集团股份有限公司
（北京市朝阳区惠新东街甲4号富盛大厦2座　邮编　100029）
承　印　者：北京盛通印刷股份有限公司

开　　本：880mm×1230mm　1/32　印　张：6.5　字　数：211千字
版　　次：2021年3月第1版　　　　印　次：2021年3月第1次印刷
书　　号：ISBN 978-7-5217-2653-4
定　　价：68.00元

版权所有·侵权必究
如有印刷、装订问题，本公司负责调换。
服务热线：400-600-8099
投稿邮箱：author@citicpub.com

星河区地图 VOL.01
联业研究中心

惊人度 已解锁 0%
人才市场 已解锁 40%

LOADING......

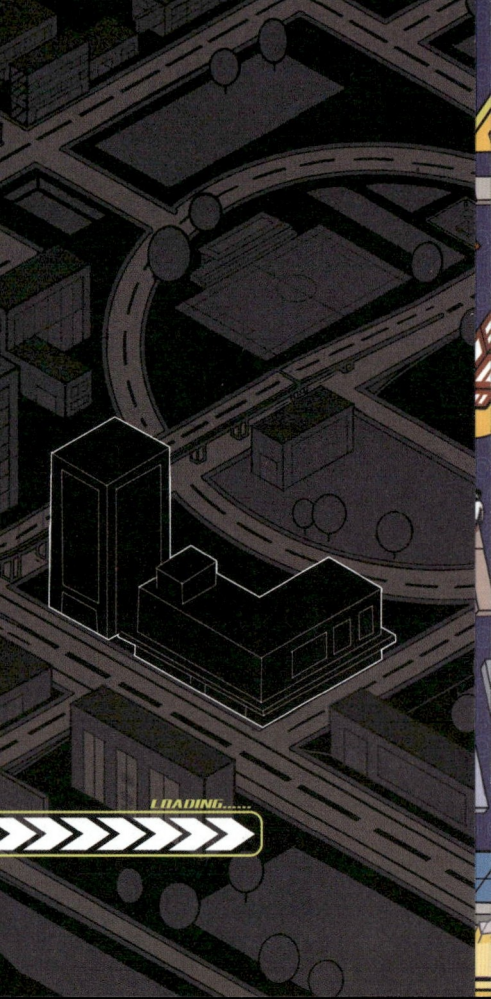

亲爱的"天选之子":

你好。

我是"2021奇葩职业大赏"主理人,张木可。

你现在一定很好奇,为何会收到本次大赏的邀请函。

"奇葩职业大赏"旨在招募全世界范围内正在从事奇葩工作的职人们,为所有特立独行的奇葩人士提供舞台、寻觅归属。

现在,这里已经汇聚了医物愈人的玩偶医院、收购舌头的味觉出租屋、堪称"打工人之光"的社畜保护局……多家奇葩职业单位已经在"招聘市场"和"人才黑市"架设摊位,准备就绪。

当然,事情远没有那么简单。

我的另一重身份是"惊人院"研究员,负责调查星河区范围内发生的奇闻诡事。不久前,我察觉到一伙不明势力侵入星河区,似乎将带来不小的威胁。

为与之对抗,我特意在"2021奇葩职业大赏"设下陷阱,以抓捕潜入现场、企图窃取"奇葩职人档案"的神秘组织成员。但这项任务非常艰巨,我需要一位有才能的人来协助我。因此,我事先搜罗了全世界范围内的顶尖人才,分别寄出邀请函,你便是其中一位。

在见到我之前,你还需要经历一场考验。我特意在"就业指导"区留下了笔迹,拼合笔迹发现线索,在它的指引下,你就能找到通往"终极面试"的道路。

期待我们的见面。

你的面试官:张木可

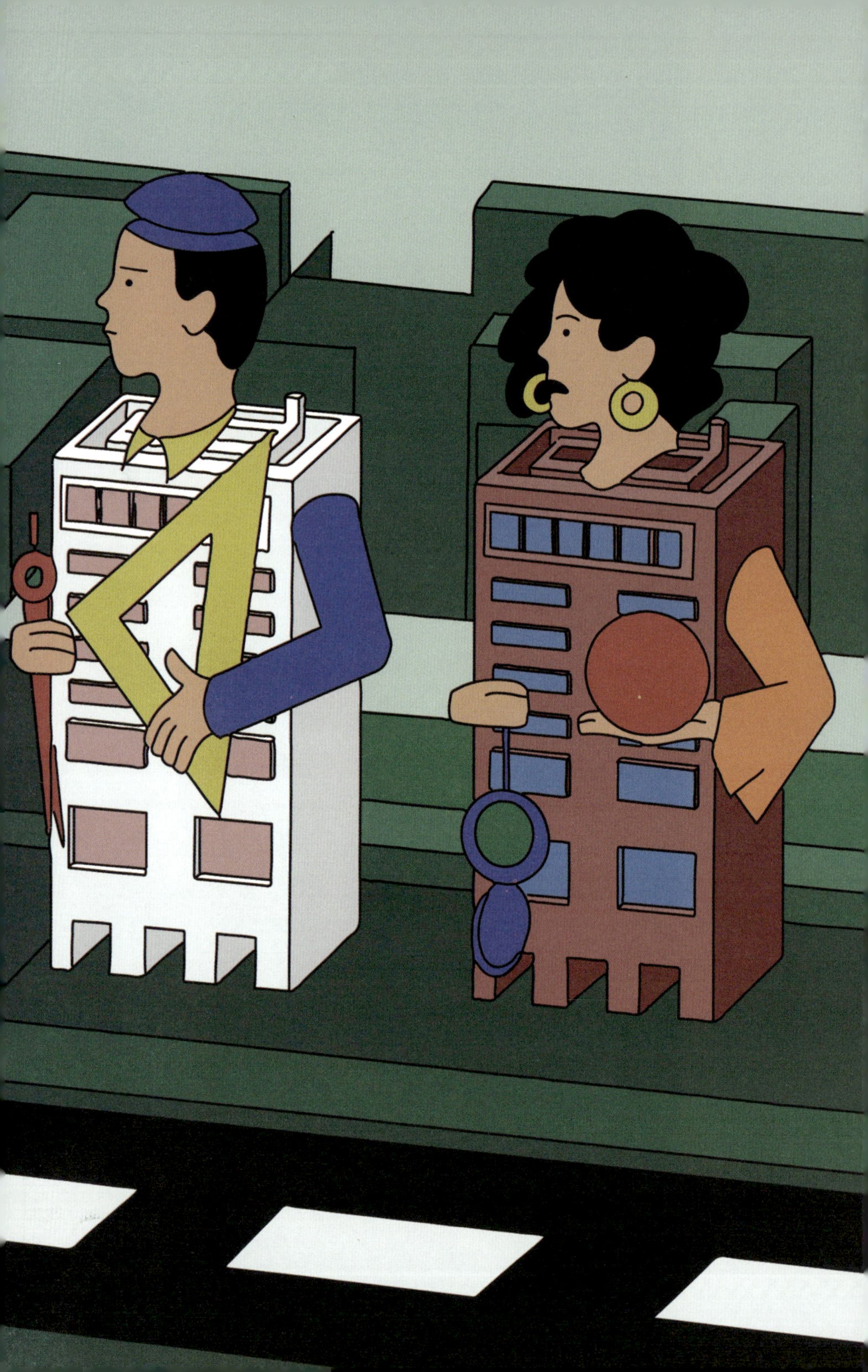

就业指导

幻境冒险家——那多

那多

著名悬疑作家。2000年起开始文学创作,凭借其超凡的想象力一举成名。著有"那多灵异手记"系列小说,《百年诅咒》《一路去死》《十九年间谋杀小叙》等二十余部小说,作品总销量数百万册。多部作品授权改编成影视作品。

其文风诡奇多变,引人入胜。不仅蕴含着对宇宙的探索,也对人性的未知充满热忱和期待。

张木可 / 欢迎那多老师莅临2021奇葩职业大赏,为各位与会者提供经验分享,鼓掌鼓掌!

那多 / 谢谢。你们好,我是那多,很荣幸在这里跟大家见面。

请问那多老师,您曾经有过什么奇妙的职业经历吗?

我最早在海关做过公务员,后来也当过记者,社会新闻、经济新闻、文化新闻都跑过。不过我印象最深刻的,是曾经当过一段时间的餐厅老板。之所以印象深刻,是因为那段时间,我接触到了很多不同性格的人。

比如说当时我们餐厅里有一道菜,盐烤大闸蟹,做法是将一整只大闸蟹放在高温下烤至熟透。有天我不在店里,我的店长打电话说,一位客人投诉大闸蟹内部有一只还活着的蜜蜂,要求我们为他免单。当时客人的态度比较凶，店长应付不来，只好打电话来问我。

我当时觉得这个客人是打定主意来吃霸王餐的，但是如果报警的话，后面排队的客人就很难就餐了，为了做生意，最后我只好同意给他免单。

那么在您眼里，什么样的职业称得上是"奇葩职业"呢？

我曾经写过一篇短篇小说，里面有一种职业叫"逐光者"。从事这类职业的人有一种特殊能力，能够在比较短的时间和比较小的范围内让时光逆转。比方说，某个体育馆内发生了一件恐怖袭击事件，逐光者第一时间赶到现场，利用能力将时光倒流至事件发生之前，利用这段时间去寻找扭转事件的关键点。

但是根据每个逐光者的能力不同，倒转时间的次数也是有上限的，一旦超过能力极限，就可能形成一个时空黑洞，导致自己被吞噬。

这样的脑洞设定真的很有趣。那么您认为，随着时代的发展，哪些职业将会渐渐消失，又会有哪些职业诞生？

我觉得，伴随着AI的诞生，许多职业会被逐渐替代掉，但一些和创造力有关的职业可能会消失得慢一点。不过，或许当和创造力相关的职业都完全消失时，人类也就离灭亡不远了，因为那时人类也失去生存的意义了。

至于会出现哪些新型职业，我认为随着虚拟现实的不断发展，未来脑机接口能够将触觉、味觉、嗅觉这些感官都完美复刻，届时就会产生一个非常大的问题——真实世界和虚拟世界难以区分。

到那时，就需要存在一个职业，来帮助你校准真实和虚拟的界限。这个职业，就可以叫做"真实校准师"吧。

如果不考虑现实情况，您会想要创造出一种什么样的新奇职业呢？

其实%）我觉得，现在的人们存在一个很大的问题，就是信念感缺失。

人的信念感和价值体系是一体的，如果没有信念，人就会觉得生活很无趣，没有价值和意义；如果拥有信念，就会觉得生活很幸福，会在精神上弥补物质方面的问题。所以当一个人缺少信念时，能够有一种职业者帮助他重塑信念，我觉得会是非常棒的。

就业指导

学霸小说家——周浩晖

周浩晖

从清华学霸到大学老师，从全职作家到编剧、导演，无论身份如何变幻，始终致力于打造中国最好的小说。出版长篇代表作《死亡通知单》《邪恶催眠师》《摄魂谷》等，其中以"刑警罗飞"系列独步悬疑江湖，被誉为"中国的东野圭吾"。

张木可/ 接下来，让我们欢迎2021奇葩职业大赏的下一位专家导师，周浩晖老师！

周浩晖/ 各位星河区的朋友们，你们好，我是周浩晖。

请问您在成为作家之前，有过什么特别的职业经历吗？

我在上学的时候，选择的是环境工程专业。令我印象深刻的是，有一次我在水库做实验，每天检测水质指标的变化。那时是冬天，实验需要的苯磺酸呈固体状态，在室温下融化需要两个多小时，为了加快融化，我直接把整瓶酸放进热水里。结果刚放进去就听见玻璃碎裂的声音，我当场掉头就跑，等到屋外我回头看，那瓶酸（$就像放烟火一样……当时我就想，这辈子是做不了化学工作了。

那么在您眼中，什么样的职业算是"奇葩职业"呢？

我觉得比较有趣的职业，一种当然是刑警，还有一种是催眠师。

刑警是因为职业特性，会去侦破各种不同的案件，这是很有意思的，我的一些读者就在看过我的小说之后，决定去报考警察学校。

而催眠师的工作，一些是帮助催眠对象进行心理方面的治疗和矫正，还有一些则是开发催眠对象的潜能。在我的《邪恶催眠师》中，催眠师这个职业是带有一定想象色彩的，现实中的催眠师可能没有那么神奇。

您觉得在科技高速发展的社会背景下，哪些职业会走向消失？

我认为比较确定会消失的一种职业，是司机。

因为无人驾驶必定是今后会出现的一个趋势，驾驶将不再是一项需要人为操作的工作。

那么您认为未来将会出现哪些新型职业？

大概是私人数据分析师吧。

就像我们现在有私人医生、私人律师等类似的职业，今后随着大数据被运用的场景越来越多，个人数据也将被越来越多人重视。如果存在私人数据分析师这种职业，就可以根据你的各种数据，帮助你更好地去规划人生。

感谢周浩晖老师的分享，最后您有什么想对大家说的吗？

就像那场"刻骨铭心"的化学实验，让我领悟到自己并不适合化学工作。我意识到让每个人做自己擅长、感兴趣的事是非常重要的，希望每个人都能尽早找到自己真正想做的事。

推理奇探——紫金陈

社会派悬疑推理作家。出版长篇代表作"推理之王"系列《无证之罪》《坏小孩》《长夜难明》、"高智商犯罪"系列等，其作品推理严谨，布局精巧，文中折射的人性与社会现实，使阅读者无不掩卷深思。

张木可/有请2021奇葩职业大赏的下一位专家导师，紫金陈老师，欢迎欢迎！

紫金陈/你们好，很高兴在这里见到大家，我是紫金陈。

请问老师，您在成为作家前，还从事过什么职业，有没有什么印象深刻的经历分享给大家？

说来有趣，我大学读的是水利工程，不过跟经济系的学生住在一栋楼里，大一时从经济系毕业生手里花5块钱买了本《证券投资学》，从此惹下祸根，走上股票相关的道路。

我的第一份工作是在一家股票资讯公司里写股评，每天挂着炒股大师的头衔，点评大盘和个股。我特别擅长写这类文章，那时公司已经有自己的网络电视台，还有一份发行量超过五万份的周刊，我兼职三个月，公司就把周刊%^的社论交给我了，那段时间大概有一半的社论出自我手，特别有成就感。

这段经历好特别，能不能跟我们具体说说？

其实这类股票咨询公司赚钱不是靠卖报纸，而是割韭菜。比如老板会在周五收盘后告诉我一只股票，我就在报纸上点评吹捧这只股票，周末的时候，电视台对应的节目也会吹这只股票，于是等到周一开盘，很多散户就冲进去买它，庄家顺利出货。

这个过程很狗血，我明明知道这是老板坐庄，但好几次我写完吹评，自己都信了，觉得这只股票特别有前景，周一开盘，我也跟着冲了进去，结果亏了好几次。我一开始没明白这种割韭菜的赚钱模式，只是觉得不对劲，后来想明白了，觉得良心受不了，就离开了。

那时我一直心怀炒股致富的梦想，每天钻研股票，幻想着炒成亿万富翁。这其实很正常，越穷的年轻人越会想亿万富翁的话题。不过几年后认清现实，就走上了全职写作的道路。

原来如此，那么在您的作品中，出现过哪些有意思的"奇葩职业"？

在我的小说《追踪师》里，主角是安防公司派遣在公安信息部门的技术人员。因为现在警察最主要的调查手段是电子侦察，普通警察对很多电子技术的应用不够专业，所以安防公司会派技术员在警方那里协助技术应用。另外在《低智商犯罪》里有几组人物是搞笑风格的，比如专业碰瓷、专门偷盗贪官家的……这类是现实基础上的艺术加工。

您认为，在现在的社会背景下，有哪些职业正在趋向消失，又有哪些职业会出现？

我以前做过互联网产品经理，所以对互联网比较了解。在现在的发展趋势下，传统商业销售链条会越来越扁平化，产品从工厂到用户的路径会缩短，产业信息越来越透明，所以现在比例很高的销售人员，我觉得未来会减少很大一批。还有一些会逐渐消失的岗位则是能被技术替代的。比如现在很多先进的工厂，都是黑灯工厂，里面没有工人，机器不用照明，24小时运转。旧职业逐渐消失后，相信服务业会更加发达吧。比如娱乐业，这也是服务行业的一种，类似短视频、网络主播等。很多人对这类职业嗤之以鼻，觉得根本不创造社会价值，其实这种思想有些老旧。短视频、网络主播给人创造了快乐，快乐就是一种社会价值，这是精神消费，跟我们写作没什么本质区别。

如果不考虑现实情况，创造一个什么职业是您最感兴趣的？

我可能会考虑写一些网络主播之类的角色，融入到故事中。毕竟这些新的职业已经成为现在社会生活里很重要的组成部分了。

心理悬疑师——蔡骏

张木可/ 接下来，欢迎 2021 奇葩职业大赏的最后一位职业导师——蔡骏老师，来为大家分享经验。

蔡骏/ 客气。大家好，我是蔡骏，很荣幸受到奇葩职业大赏的邀请。希望我今天的回答能对大家有所帮助。

请问蔡骏老师曾经有过梦想从事的奇妙职业吗？

有过的。

小时候我曾经梦想成为考古学家和国家地理绘图员，后来又想成为一个画家。不过这些梦@*想后来都随着时间越来越远，大概绝大多数人的童年梦想，都是注定要失败的。

不过好在，这些职业后来都出现在我的故事中，也算是没有辜负初心。

那在您成为悬疑作家前，是否经历过一些特别值得记忆的职业体验？

我做过年鉴与史志编辑，当时印象深刻的，就是去档案馆查阅资料。

我去过上海档案馆，也去过南京的中国第二历史档案馆，触摸、复印过海量的民国时期的第一手资料，有当时的报纸杂志、铅印的内部文件，甚至大量手写的内容，比如请假条。

后来单位工会图书馆搬迁，我还抢救性地收藏了一批晚清到民国的旧书。这段工作经历让我对历史有了新的认识，我的作品中一度出现许多历史元素。

蔡骏

中国悬疑小说畅销记录保持者，已出版中长篇作品 30 余部，代表作《镇墓兽》《谋杀似水年华》《地狱变》等。作品被翻译为英、法、俄、德、日等十余个语种，并有数部作品被改编为电影、电视剧、舞台剧。2018 年，荣获首届梁羽生文学奖杰出贡献奖。

这的确是一段奇妙的经历，而能将这些历史碎片与作品融会贯通，您一定非常善于观察生活吧？

我们对生活中的任何事情，都会有观察。只不过有的人太忙于生活，会对所见的一切感到疲惫、麻木。所以我们需要保持空间，比方说我去别的城市时经常在夜间行走，在非正常的时间看司空见惯的东西，你就会发现生活中被忽略的东西。

那么在您眼中，什么样的职业称得上是"奇葩职业"呢？

警察就不说了，自然是特殊的，也是悬疑推理小说最常见的职业。

我最近刚写完的一部犯罪题材的长篇小说，是以调查公司的调查员为主角的，类似于私家侦探。在我的《最漫长的那一夜》系列短篇小说里，有一篇《哭坟人的一夜》，便是受雇佣代替孝子贤孙的哭坟人的职业，据说现在真的有。我还有一个粉丝是沈阳的一位入殓师，是个年轻姑娘，她曾经邀请我去参观她工作的地方，但我婉言谢绝了，我请她吃了个饭，了解真实入殓师的工作与生活。后来，我写了一篇《万圣节的焰火葬礼一夜》。

关于这些职业的未来，您有什么畅想？

我觉得大多数职业可能都会消失吧，但也会有新的职业诞生。

未来人类可能会更加自由地发展，而不局限在原来职业生涯的囹圄之中，就像马克思所说的"人的自由发展"。但也会有长久传承下去的职业，在我的超长篇系列《镇墓兽》中，有一种职业叫"墓匠族"，主人公世代相传三千年，为历代帝王建造陵墓与镇墓兽。

感谢蔡骏老师的分享。最后，您有什么想对大家说的？

人生充满着无数可能性，我们每做出一种选择，就会通往一个分叉口。因此，我们未来可能成为各种各样的人、从事各种不同的职业，但归根到底，我们对生活的热情和愿望是不变的。无论选择怎样的人生和职业，都要守护追梦的那颗初心。

还有，工欲善其事，必先利其器，万事莫不如是。

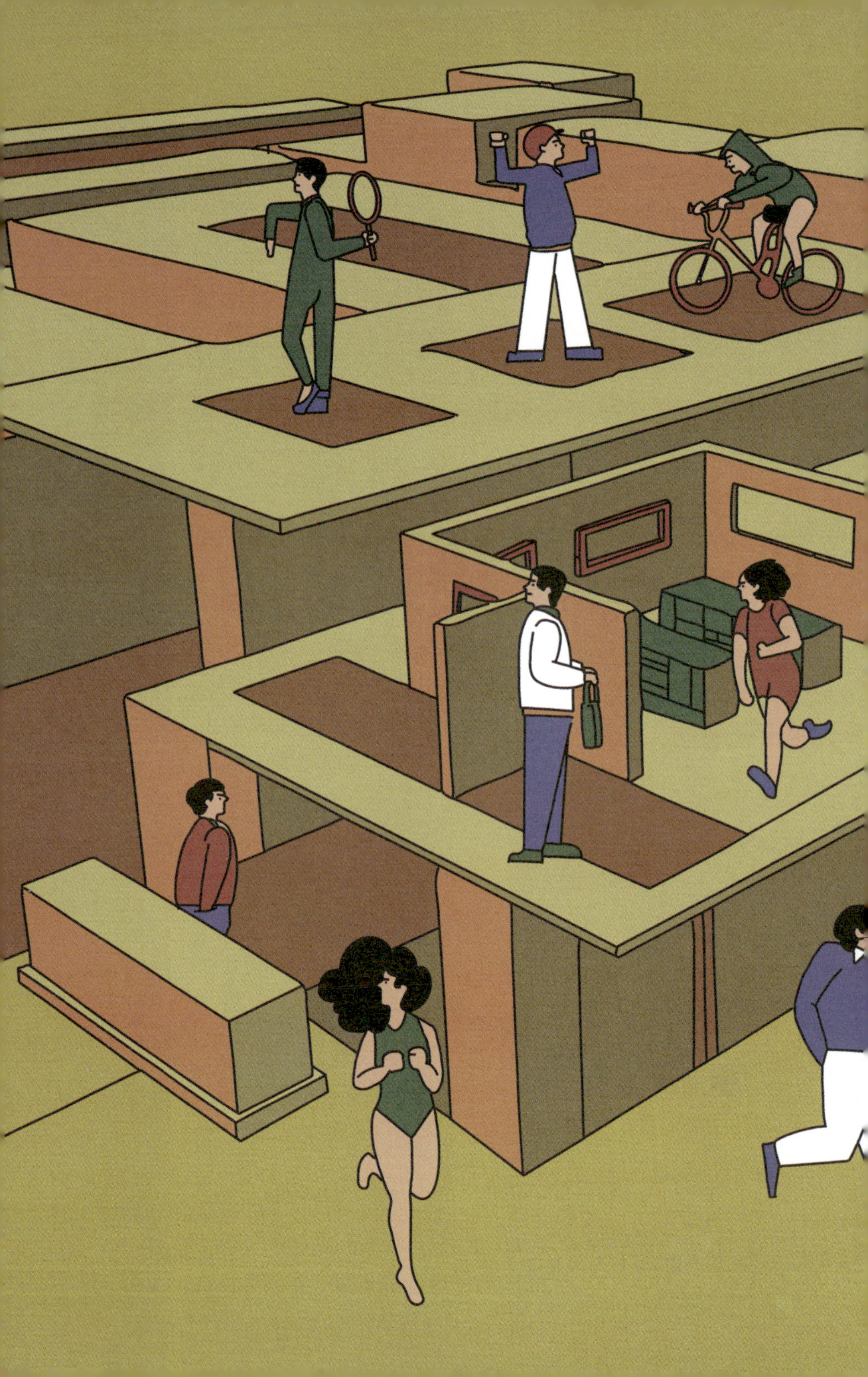

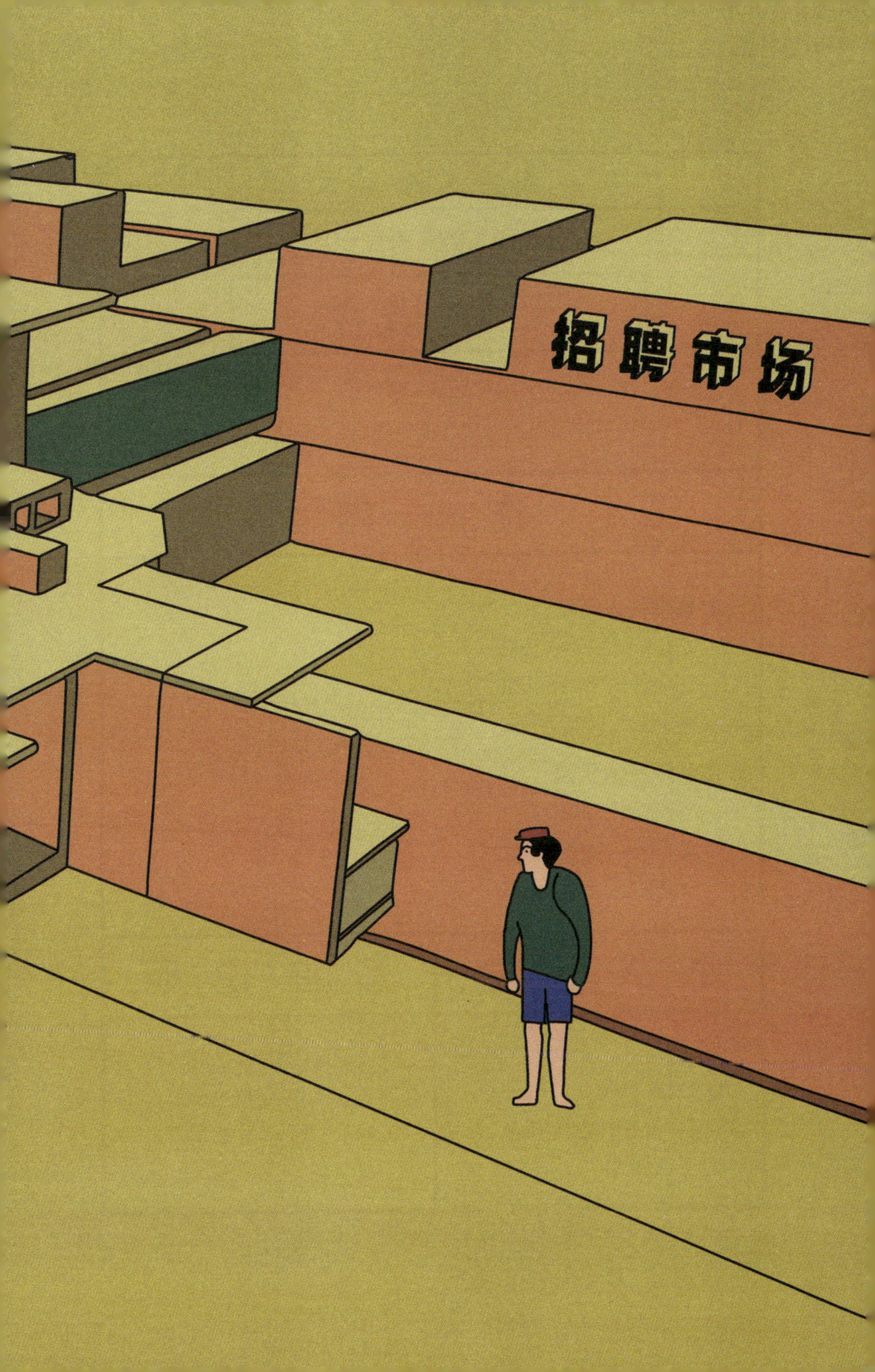
招聘市场

打麻将的天赋有用吗？

奇葩职人档案 编号001

天赋猎手

✗

在他们眼中，人类不过是天赋的容器。

工作内容

1. 攫取他人天赋

攫取杀手"杀人"天赋

攫取雀神"麻将"天赋

攫取演员"表演"天赋

2. 授予他人天赋

授予弱鸡"打架"天赋

授予穷人"致富"天赋

授予废柴"逆袭"天赋

个人信息

王萧

男　代号"枭"

建立「老王天赋交易所」

主营天赋交易

备注说明

人是天赋的容器，而不匹配的天赋会改变容器的形状。

1

去年冬天，我攒下了一笔钱，不多不少，刚好十万。

朋友劝我安定下来，我想了想，盘下一家店铺打算做点小买卖。卖早餐太累，书店不赚钱，杂货铺太麻烦，奶茶店本金不够……思来想去，我还是决定干回老本行——天赋买卖。

我的店开在星河路附近，店名叫"老王天赋交易所"。大概是商品类型很罕见吧，我的店生意红火，人们好奇地涌进来，抛出千奇百怪的问题和需求。

"你这店是干什么的？"

"本店提供天赋检测、公证、交易、租赁等一系列服务。这里有一份书法家天赋，您可以先体验一下哦，亲。"

"有执照吗？"

我拿出早已准备好的甲级天赋交易员资格证。

"你这店里都有什么天赋？"

"那可多了，书法、钢琴、油画……"

"来点实用的，打麻将天赋有没有？"

"呃……我之后会考虑收购类似天赋。"

"你这儿收购天赋不，阳痿你收不收？"

"不……我不认为这算是天赋……"

……

诸如此类的对话，我一天要重复十遍以上。不过，也有比较靠谱的顾客。

比如，某个木棉花开的下午，一位穿着长衫的老人颤巍巍地挪进店里，问我收不收"吹唢呐"的天赋。

他讲，他少年时勤学苦练，悬空运气吹羽毛、不换气吸满瓢水、芦苇秆吸河水；中年时意气风发，吹过《百鸟朝凤》《一枝花》，吹尽了全乡的红白喜事；晚年时孤苦伶仃，一支唢呐吹一生，吹走了兄弟和爹娘……

"录音机是好东西，"老人摩挲手指，"只可惜，有了录音机，就没人愿意学这门手艺了。我带进棺材里也没用，你就收着吧，万一以后遇见有缘人……"

窗外火红的木棉花落下，像是一声沉重的叹息。我盯着老人脸上刀刻般的褶皱，踌躇许久，还是忍不住问："您不会是想找个人帮忙把您吹走吧？"

经过一番激烈的交心，在我被他用唢呐送走之前，我们终于达成了协议。转让仪式持续了半小时，一切顺利。

老人从沉睡中醒来，第一反应就是去摸他的唢呐。他抚摸开八孔的檀木杆，眉头深锁。

"感觉心里空落落的？刚被拿走天赋的人都是这个反应，习惯就好。"我低头摆弄刚从老人身上摘下来的具象化的天赋——一团古铜色的光球。

它的质地紧密，手感温润，颜色因岁月沉淀而略显浑浊，的确是相当高级的天赋。

我将光球拍进自己胸口，老人见状将唢呐递给我。我接过被汗渍浸染的老旧乐器，瞬间感觉一种难言的疲惫和悲伤爬上脊背，我张嘴，听到一声落满灰尘的叹息，像是从历史深处吹来的风。

我闭上眼睛，从风声中辨出细小的乐符，它们从我的脑后爬上，攀着耳朵唱起尖细的歌，我的手指下意识地律动起来。

"头往前看，唢呐往下，吹的时候不要太用力，不要把脸凸出来。"老人点头，忍不住指挥道。

我凑在苇哨上，试探性地送了口气，几个尖锐的音符升起，清亮如凤鸣。

"没错，是这个味儿。"

在街坊"吹什么丧呢"的骂街声里，老人转身离去，长衫隐没在木棉花的阴影里。

2

唢呐天赋在店里挂了很久，也没有卖出去。

我并不意外,毕竟现在没人想要这些老古董了,它们只适合被收藏进博物馆的陈列窗里或收藏家的保险柜里。

也不知是哪里出了问题,找我售卖天赋的人越来越多,而且都是些有手艺的老人,于是我又收下了木雕、泥塑、剪纸、舞狮、太极拳、大锣鼓、评书等天赋。

回过神来,我才发现自己已经成为星河区的传统技艺大师。我干脆在店里摆了两张桌子,备了茶水和瓜子,套了件长衫开始讲古说书,勉强维持生活……

日子一天天过去,我摇着蒲扇喝着茶,搓着麻将说着书,从"小王"变成了"老王",本以为会这样平淡地过下去,直到有一天,我碰到一个女孩。

一个寻找"杀人"天赋的女孩。

3

五月,是多雨的季节。

滚雷声从远方压来,天空阴沉如墨,眨眼间雨落下来,像是瀑布倒悬。街上很快灌满了水,门前的低洼处几乎成了一方池塘。

店里空空荡荡,想必不会有客人在这种天气来访了,我想着干脆早点关门,就拿了抓钩去够卷帘门的把手。这时,一道模糊的影子闪进店里,带着飞溅的雨水和灼人的体温。

"你好,我想买一个天赋。"

我一下来了精神,却在转身看到客人的瞬间垮了下来。

是一个女孩,看模样最多不会超过 18 岁,应该还在上高中。她穿着破烂的牛仔裤和短款夹克,头发在脑后扎成一束,几乎被雨淋成了刺猬。雨水顺着她的发梢滴下,单薄的短袖紧贴在皮肤上,勾勒出身体的曲线。

但她的眼睛明亮得吓人,如同两团火焰。

"你想买什么?本店提供书法、钢琴、绘画、唢呐、木雕、舞狮……"

我勤快地沏好茶，摆在她面前。

"我想买一个杀人的天赋。"

我手一抖，几滴茶水溅在桌面上，像是斑斑血迹。我试探着问："吓人的天赋？"

"杀人的天赋。"她重复了一遍，声音混在暴雨和雷鸣里，像是一根在麻布中穿梭的绣花针，尖细锋利。

我搜肠刮肚想了半天，最终干巴巴地回了一句："杀人犯法。"

"我知道。"

我叹了口气。

以前店里也来过这样的孩子，想买什么"打架"天赋和"恶作剧"天赋之类，只是和朋友闹脾气或者一时兴起而已，这次大抵也是如此吧。

"聊聊吧。"我咳了一声，"你家在哪儿？"

她不耐烦地瞥了我一眼："澄海。"

"你父母知道你独自跑来星河区吗？"

她戒备地盯着我："你就这么做生意？"

"聊天嘛。"我低头假意喝茶。

"他们死了。"

一口滚烫的茶水卡在喉咙里，我一时不知该咳出来还是硬咽下去。

女孩冷笑起来："我妈，三年前，癌症；我爸，上个月，猝死。"

我放下茶盏，摸着发疼的喉咙，声音有些沙哑："你想杀谁？"

"植汇集团负责人。"

4

植汇集团。

这是整个东南地区最大的文娱集团，产业涉及游戏、动漫、文学、音乐、电影、咨询等数十种领域，当然，也包括天赋交易领域。

用买来的天赋包装明星早已不是什么秘密了,这是一个天才辈出的时代,也是一个造神的时代。

但这也造成了天赋交易行业无法回避的黑暗面——当人的价值、理念、天赋可以被抽离,那人存在的意义是什么?

和所有俗套的故事一样,女孩的父亲是一名杰出的音乐家,一个优秀的创作型歌手,一个抗议不平等天赋交易的意见领袖。我甚至在报纸上见过他的名字,不过是死讯。

他猝死于家中,死因是熬夜作曲引发的突发性心肌梗死。

"骗人的鬼话。"女孩的声音闷闷的,"他身体一直很好,每周都坚持锻炼。"

"每一个猝死的人都以为自己身体很好。"我插话道。

"他是被害死的!他当时正在创作一首新歌,可没过几天,植汇集团签约了一位新人,那个人发布的新单曲,旋律和我爸爸创作的那首几乎一模一样。"她盯着我,目光灼人,"他们偷走了爸爸的歌,也偷走了他的天赋!"

"也许只是巧合。"我叹气道,"况且,你能拿出证据吗?"

"事实就是事实!"女孩咬着牙说,"杀人者必须付出代价,如果没人能帮我,我就亲自动手。所以,请给我一个杀手的天赋。"

她的双颊因愤怒而涨红,嘴唇紧张地抿成一条直线,灯光在她的眼睛里跳跃,像是火焰。

"你让我想起一个朋友。"我缓缓摩挲茶盏,"算起来的话,他应该是我的后辈,他也是你这样,一副心比天高的模样。他说想把天赋带给真正需要它的人,还要狠狠鞭笞那些恃才傲物的大人物的脸面,让所有人都拥有选择人生的权利……"

我顿了一下,将快要冷掉的茶水一饮而尽。

"然后呢……"女孩皱眉。

"我时常在想,如果当初我对他说'不',也许一切都会不一样吧。"我重重地放下茶盏,"所以我的答案是,不。"

她的眼睛像窗外的雨，蒙着厚重的一层帘幕。

"以暴制暴没有任何意义，姑娘，你请回吧。"我摇头，撤下茶具，准备送客。

女孩身子却没动，我眼角余光瞥见她微微低下头，不知表情如何。

"我想买'枭'的天赋。"忽然，她说道，声音中竟带着一丝冷笑。

咔嚓。

我低头看着掌心碎裂的茶盏，锋利的碎片划开了虎口，隐隐的红色从皮肤中渗出。

"你从哪儿知道的这个名字？"我用袖口抹去血迹。

"王萧。"她喊出了我的名字，"我知道你就是'枭'。"

听到这个名字时，我有些恍惚，现在所有人都叫我"老王"，都知道我是"老王天赋交易所"的老板，喜欢打麻将，说书不错，功夫茶也不错……我丢弃了那个名字，幻想着把自己的过去也一起丢掉，但过去就像黑暗中的影子，只要有一点光亮，它就会露出狰狞的原形。

"我听说你是最好的猎手，也是最好的杀手。"

天赋猎手。

远在天赋交易的制度形成前，拥有攫取和授予天赋能力的人自称猎手。他们游走在人群之间，为权贵或私欲狩猎天赋。所有伟大的艺术家、运动员和科学家在他们眼中，不过都是待宰的羔羊，而他们则是上帝的牧羊人。

"我已经不干这行了。"

"那我报警了。"女孩淡淡地瞥了我一眼。

"喂喂……"

这时，连绵的雷声从街道那头响起，越来越近，中间还夹杂着凄厉的哀号。我愣了一下，反应过来是警笛声。

"姑奶奶，你玩真的啊！"我一拍大腿，"好说好商量，哪儿有一上来就王炸的？"

女孩神色复杂，不等她解释，我扑向柜台抓起早已准备好的背包和雨伞。

刚准备开溜，引擎声已经在门外停住了。

5

两名穿警服的男人踩着水坑冲进店里。

"警察，不许动！"

我举起双手："警察同志，误会，我是良民啊！"

"你的罪名包括涉嫌恐吓、扰乱社会秩序、非法自制危险品……"他们围住女孩，面带愠色，"艾叶，请跟我们走一趟。"

"不是抓我啊？"我搓着手有些尴尬地放下背包。

在场的三个人齐刷刷地看过来，气氛凝固，仿佛我是一个演出失败的小丑。我咳了一声，还是决定打破尴尬："警察同志，会不会弄错了，她只是个孩子……"

"一个会写威胁信和自制燃烧瓶的孩子？"其中高一点的警官扫了我一眼。

我看向女孩，目瞪口呆："你在犯罪领域的行动力还真是卓绝……"

"走吧。"矮个子警官催促道。

被称作艾叶的女孩阴着脸，牙咬得嘎嘣响，她被两名警官夹着往外走去，警车在暴雨中打着双闪，像是忽明忽灭的烛火。

但在擦身的瞬间，我注意到了高个子警官袖口下，刺青的一角。

"你们不能带走她！"我喊道。

"怎么？"警官转过身来，"你想妨碍警务吗？"

"警务？我还以为是同行抢生意呢。"我笑道。

他们的脸色同时一滞。

"你们不是警察吧，你们身上有我熟悉的味道。"我压住右掌上的伤口，"腐烂味儿，和我一样的味道。"

猎人的味道。

刹那间，两人抽出警棍，向我靠拢过来。灯光下，他们的影子开始扭动，肩膀上长出牛角般的尖刺。

人是天赋的容器，而不匹配的天赋会改变容器的形状。

"让我猜猜，肩膀上的角、不定型的尖刺，大概是攻击性天赋？"

我盯着高个子的眼睛，他的瞳孔收缩，右脚突然猛蹬地面，转腰、拧胯、送肩，拳风带着山的威势。我避开他的双臂，贴身的瞬间一掌拍在他的胸口上，熟悉的黏稠感从指尖传来。

高个子哀号着，身体开始抽搐，像即将达到共振极限的玻璃瓶。

真是怀念这种感觉。我把手伸进人这种容器，拨开迷雾和尖刺，从他的身体里扯出一团红色的天赋。它有规律地跳动着，发出蜂鸣声。

"拳击天赋，不错。"我将天赋拍进自己胸口，跨过他的身体，来到矮个子面前。

矮个子变了脸色，他握着警棍向我扑来，我上身后仰避开警棍，一记后手直拳吻上他的下颌。

战斗结束，艾叶用脚尖试探地踢了踢地上昏睡不醒的两个男人。

"没死。"我麻利地绑好他们的手脚，"只是晕过去了，强制抽离天赋的后遗症，严重的话可能导致突发性心肌梗死——毕竟人是很脆弱的容器。"

艾叶的睫毛一颤。

"对，就是你想的那样。你父亲可能死于一场天赋狩猎。"

我拉开高个子的袖口，那里有一处兽爪文身，像是一抹暗红色的血迹。矮个子的手腕上也有同样的文身。

我叹气："你被盯上了，我们必须离开这里，赶在下一波人到来之前。"

我重新背上包，跨出一步站到雨中，伸手去够卷帘门的把手。

艾叶眼露慌张："你要我跟你逃跑？"

"不，我们去'狩猎'。"

6

"艾叶,你把麻烦带到了我身边,一个很大的麻烦。"

"我知道。"

"我会帮你解决这个麻烦,但仅限这一次。事先说好,我曾经是个猎手,但我从来没杀过人,我只负责帮你把你爸爸的天赋取回来。"

"谢谢。"艾叶的声音闷闷的。

此刻,我们正坐在装潢精致的咖啡厅里,落地窗对面就是植汇集团的总部大楼。

我吸吸鼻子,用手指敲打桌面:"好了,东西打印了吗?"

艾叶点头,递来一份带着油墨味的《天赋转让证明书》。

"这东西到底有什么用……谁会傻到在上面签字?"她抱怨道,"你不是猎手吗,不能直接狩猎?"

"我说过,我曾经是个猎手。"我将证明书折叠几次,叠成一方纸块,塞进兜里,"现在我是一名天赋交易员。猎人有猎人的规则,交易员有交易员的规则。"

7

"你好,请问有什么可以帮到你?"植汇大楼一层的总台小姐露出礼貌的笑容。

"你好。"

我从包里取出一臂长的铜管乐器,将它放在前台的桦木桌面上。一声类似风铃的响动,前台小姐看清乐器的原貌,脸上的笑容有一瞬失真。

"我是一名唢呐演奏家。"我说着,推了推身侧的艾叶,"这是我徒弟,我们想跟贵公司的一位艺人见一面。"

艾叶适时地拿出一张皱巴巴的杂志照片。

我一拍桌子，情绪激昂："我听了这个小伙子的新歌，觉得他特别有天分，太适合吹唢呐了……我特地赶过来，就是想收他做徒弟，不行的话我给他搞配乐也是不错的……别不信啊，我现场给你来一段！"

"不是，大哥你等会儿……"

前台小姐微弱的反对声很快淹没在唢呐铿锵有力的鸣奏声里。

不出5分钟，我们顺利地被前台小姐带进了会客室。片刻后，一个发型精致的年轻人满面困惑地推门进来："你好？"

我侧头看看艾叶，她轻微地点了点头："是他。"

我赶紧起身，迎上去握住他的手："我是一名唢呐演奏家，这是我徒弟，她可喜欢你了，你能不能给她签个名？"

年轻人面露难色，几次想抽手，都被我牢牢按住。"小叶，笔呢？不是你想要签名的吗？快点快点。"

艾叶应声拿出笔，我腾出一只手将口袋里的纸片取出来。

"呃，这……谢谢你喜欢我的音乐。"年轻人放弃挣扎，避开我灼热的目光，接过笔，在那张折得方方正正的白纸上写下自己的名字，"要写什么祝福语吗？"

"不用，这样就好。"我顺势从他手中抽回纸笔，翻了个面，在背后写下自己的名字，然后双手一抖，展开纸页，"那么，协议达成。"

"什么意思？"年轻人惊讶道，看到白纸上赫然显示的"天赋转让证明书"几个字，他的脸色迅速阴沉下去，"你们耍我？"

"略施小计而已。"我笑了笑。

在年轻人呼救之前，我一把捂住他的嘴，将他放倒在沙发上，同时向他的胸口摸去。在他徒劳的挣扎中，我缓慢地把手臂沉入他的身体。

那团苍白、破碎、虚弱的天赋，就躺在他充满防御性的心理尖刺上，像是野兽用嘴活生生撕扯下来的碎肉，破败不堪。啧啧，这猎人的手法真是糟糕透了。

我试着在他体内触碰那团天赋，它颤鸣着躲开我的手指，我恼火地掰断围绕在它周围的几根荆棘,年轻人受到影响,眼白上翻,嘿嘿地傻笑起来。

我紧张地长出一口气。

"怎么了?"艾叶凑过来。

"我找到它了。"我活动手腕,"但是需要时间,给我10分钟,你去门口看着,千万不要让人进来。"

"好。"

我深吸一口气,将脸一同埋进了他的身体里。

8

天赋到底是什么?

有人说它是灵魂的一部分,也有人说它是精神的结晶,甚至有人说它是人的"神性"。

在我的职业生涯中,我认识到天赋不过是技能、经验和直觉的混合物。即使原主人死去了,天赋依然可以代代相传。它是物,是财产,是可以交易的货币。

天赋只不过是这样的东西而已,离开人,它什么都不是。

我一直是这么认为的,但现在,眼前的景象让我产生了困惑。

被完全剥离出来的音乐家的天赋炽白耀眼,躺在我的手心里,像一团温热的火。它唱着熟悉的旋律,一遍又一遍,甚至让我产生它在与我共鸣的感觉。

"艾叶,走了。"时间紧迫,我将天赋塞进自己体内,招呼她准备撤离。

"抱歉,我拦不住……"

"嗯?"我顺着艾叶的目光望去,看见一个满头脏辫的青年不知何时已经坐在对面沙发上,歪头向我挥手。

"前辈,好久不见。"

我盯着他手臂上的兽爪文身。

"鬣狗。"我嘴唇轻动,吐出一个代表狩猎者的名字。

"真感动，前辈居然还记得我。"青年欠身，行了个不伦不类的礼，"不过，我可不是来跟你叙旧的，前辈，去死吧……"

他亮出了手心的爪刀。

我猛冲过去抱住他的腰，向侧边掀翻，忽然一阵灼热的刺痛感，我的动作一歪，让没有完全成型的抱摔变成两败俱伤，我们的肩膀同时砸在了玻璃茶几上。

玻璃碎裂，艾叶发出一声尖叫。

"不要怕。"我起身将艾叶揽到身后，捂着侧腰往后退，幸好，伤口不算太深。我抓起那团刚从鬣狗身上撕下的、带有刺鼻味道的天赋一口吞下。

口腔中充斥着纯粹的"恶"的味道，是我熟悉的腐烂味。

我盯着从地上爬起来的鬣狗，脑中下意识地浮现肌肉的走势和形状，以及肢解血肉的快感。我的呼吸逐渐沉重，刺耳的蜂鸣在脑中徘徊。

折磨他，杀掉他，碾碎他……

我眨眨眼，将这些冲动压回心底深处。

这是货真价实的，杀人的天赋。

"不愧是前辈。"鬣狗从肩膀上拔下玻璃碎片，双目赤红，天赋被强行抽离的痛苦对于深谙此道的猎手来说已是家常便饭，他轻轻鼓掌，"依然这么精彩，像枭一样恶毒、优雅、精准。前辈，感谢你向我展示狩猎的艺术。"

他沉下肩膀，像野兽一样压低重心。

"这样才对，再来！让我们继续狩猎，狩猎才是我们的宿命！"

"鬣狗，你在为谁卖命？"我低吼。

"猎物，没有发问的权利。"鬣狗咧嘴，露出尖锐的犬齿。

9

世界是红的，像是木棉花的红，英雄的红，死亡的红。

我按住鬣狗的喉咙，在一片赤红的血迹中与他对视。

"你又赢了。"扎着脏辫的青年咧嘴微笑道。

"是你夺走了艾叶父亲的天赋?"我忍受着全身的酸痛,咬着牙问。

"是的。"

"是你泄露了我的消息,让她找到我的店铺?"我继续问。

"没错。"鬣狗笑得没心没肺。

"什么?"艾叶错愕地抬头,脸色阴晴不定。

"为什么?"我咬牙,攥紧了拳头。

"为了你。"鬣狗低声说,"前辈,你是最好的猎手,你不应该这么活着。在街道的角落开一家店,数着茶叶过日子?套着长衫像小丑一样站在台上讲笑话?你是猎手,天平的守护者、上帝的牧羊人、君王的引导者、自由自在的天选之人……"

"只是窃贼而已。"我打断他。

"我们说过,要把天赋带给真正需要它的人,要狠狠鞭笞那些恃才傲物的大人物,要让所有人都拥有选择人生的权利……"

"用欲望衡量谁才是那个更适合拥有天赋的人?"我再次打断他,"鬣狗,我最后悔的,是当初没有对你说'不'。"

瞬间,鬣狗的眼神变得古怪,疯狂从他的眼中消失,取而代之的,是彻骨的冷漠。

"枭,你变了。"

"人都会变的。"我疲惫地低下头,"一切都结束了。"

"不,还没有。"

背后忽然传来撕裂般的痛苦,像是血肉被挖开,浑身的力量都被抽空。

我回头,看见一个古铜色的天赋正在陌生男人的手上旋转。

"鬣狗从不单独活动。"

我听见身下的鬣狗这么说。

10

三个人，或者四个人围上来。

他们撕扯着我的身体，像是追逐血肉的猎狗，从我体内扯出各种各样的天赋。

"快！夺光他的天赋。既然枭已经放弃猎手的尊严，不再渴求天空，那我们就拔光他的羽毛吧！"

"还给我。"我忍着被撕裂的剧痛，从地上爬起来。青年轻轻推了我一把，我便晃晃悠悠地跌回去。艾叶扑上来扶住我的手臂，就要为我出头。

"别去。"我摇头，竭力制止艾叶。

"很遗憾，前辈。"鬣狗居高临下地看着我，"你本该有一个更符合英雄剧本的结局。解决他。"他下达了命令。

猎手们狞笑着将从我体内抽离的天赋拍进自己胸口。

"话说南宋末年……"为首的那个猎手一甩袖子，竟张口说起了书。

一时间，会客室里一片混乱。

有人扎着马步，打起了太极拳；有人念念有词，满口之乎者也；有人流着泪回头说："头儿，我想吹唢呐。"

"你干了什么？"鬣狗捂着嘴后退至墙角，脸色阴沉，仿佛我是一团病毒聚合物，稍不注意就会被我传染。

"什么都没干啊，这些老天赋，够你们消化一阵儿了。"

人是天赋的容器，不匹配的天赋会改变容器的形状，沉淀过久的天赋甚至会影响人的心智。

当初收下这些天赋，我至少花了几小时才完全消化，即便如此，有一段时间我还真以为自己是个布鞋蒲扇、提笼遛鸟、打麻将喝功夫茶的大爷。

"你有病啊，收集这么多没用的垃圾天赋！"鬣狗终于反应过来，气得直跳脚。

"我这儿还有阳痿的天赋，你要不要？"

"滚啊！离我远点儿！"

"别怕啊，不是想要天赋吗？给你给你。"

11

"好逊。"艾叶的嘴角抽搐着。

"能赢就行。"我把冰袋贴在额角上，捂着脑袋走出大门，"走吧，回家喽！"

"喂，你真有阳痿的天赋？"

"……没有。"

"你犹豫了，你有！"

"真没有！"

鬣狗最终还是败了。我毫不客气地收回自己的天赋，还顺便把鬣狗杀人的天赋给销毁了。

希望这家伙能明白我说的话，改过自新吧。

"谢谢。"艾叶在我背后轻声说。

"不客气。"

趁她不注意，我绕到她身后，看到她身体里隐隐有亮光闪烁，像是火焰。我摸了摸下巴，看来适应得很好嘛。

天赋到底是什么？

灵魂的一部分？精神的结晶？还是"神性"？我依旧说不好，不过，也许艾叶能帮我弄明白。

在回家的路上，我在心里悄悄说："谢谢您嘞，大爷。"

夕阳下，我看到自己的影子里长出了许多形状奇怪的东西，它们在风中缓慢地摆动，像是在点头。

面试官：石心

月老，其实是个民间组织

奇葩职人档案 编号002

红线接线员

✘

为人类美好姻缘负责的国家级机密职业。

工 作 内 容

主宰别人的爱情。

操作细则：
1. 寻找两根振动频率相仿的红线；
2. 将它们连接在一起；
3. 暧昧因此而生。

P.s. 无视频率，随意连线，不算违规操作。

个 人 信 息

陈哲
男　就职于红线管理局
一个为人类美好姻缘负责的民间组织

备 注 说 明

亲密关系不过是随机匹配下产生的无意义的联系。

1

传说中，两个人的姻缘是被月老用一根红线连接在一起的。只要红线没断，两端连接着的人就绝对不会分开，一生一世过着幸福的生活。

这个传说是真的。不过，红线却不是月老亲自接的。至于我为什么会知道……

幸会，我叫陈哲，是一名红线接线员，就任于红线管理局，一个为人类美好姻缘负责的民间组织。

当然，真正做自我介绍的时候，我根本不会提及这个职业，最多只是告诉别人，我是一个在做兼职的大学生而已。

毕竟，这是一项需要保密的职业，早已被列为国家级机密。

每天早上，我就像成千上万个平凡的社畜一样，准时从宿舍出发，背上常用的挎包，挤进早高峰的地铁里，经过近一小时的颠簸，抵达毫不想念的工作地点——红线管理局。

这里的机器嗡嗡作响，红线按照特定的频率振动着，我们的工作就是找出两根振动频率相仿的红线，把它们连接在一起，这样，两根红线的主人之间就会产生暧昧的联系。

当然大多数时候，我都无视这个所谓的振动频率，倒也从没有出过什么岔子，这也间接证明了我的观点：亲密关系不过是随机匹配下产生的无意义的联系。

这个工作听起来可以主宰别人的爱情，实际操作中，却非常枯燥乏味，让人打不起精神。

刚开始发呆，前辈就靠过来轻轻地拍了拍我："今天打起精神来，岳老早上要来视察。"

岳老是我们的老板，总管红线管理局的一切事务。据说这家公司是从很多很多年前传下来的，每一任老板都姓岳，在某个机缘巧合之下，岳老这个称呼被外人听见，后来就以讹传讹叫成了月老。

当然，他并不是什么"月老"一类的神仙，只不过是一个普通人，一个略有些小心眼的糟糕领导。说起来，岳老那光秃秃、滑溜溜、寸草不生的脑袋瓜，在我看来，还真有点儿像一轮月亮。

岳老走到工位中间的时候，四周埋头工作的接线员都站起来向他问好，我也急忙放下手中的活儿，朝他深深鞠了一躬。

"岳老好。"我毕恭毕敬。

岳老什么都没有说，只是轻轻白了我一眼。我有些心虚，假装没有注意到这个细节，低下头来重新摆弄着手中的红线。

人做了亏心事的时候，总想躲避别人的视线。

2

没错，我做了亏心事。

岳老走远后，口袋里的手机传来简讯音。不用看，我也知道是谁发给我的。

看没有人注意我，我才偷偷打开了手机，那个备注为"狗仔"的人，给我发来了一条信息："芳芳和仔仔在一起了！这个消息属实吗？"

虽然只有一条文字信息，但我依然能从字里行间看出那种难以掩饰的兴奋。

"当然。"我看着眼前的红线说，"两个人的关系，锁了。"

"我这就撰稿，你放心，这次的信息费啊，少不了你的。"狗仔回复道。

我关上手机，重新把注意力集中到眼前的工作上。无数的红线，看起来错综复杂，背后却连接着无数人的秘密。只要动动嘴巴，我就能把这些信息转换成财富，那么我又何乐而不为呢？

回到学校的时候，我就收到了转账，不多不少，刚好五百元，比上次又少了一百元。

"不好意思啊，兄弟。"狗仔发来了一条消息，还附上个委屈的表情，"主编说，最近明星跟明星在一起的新闻太多了，读者都麻木了，所以只能给这么多了。"

"这也太少了。"我有点生气，"我可是冒着很大风险在帮你们做事。"

"实在抱歉，这篇稿子也挣不来多少关注量，就这个报酬还是我努力争取来的呢。"

我在心里啐了一口，这些小报记者，心里就只有热度两个字。

可是热度哪是说来就来的呢？

我叹了口气，在学校的小吃街上买了一份煎饼果子。等大叔递给我，我迫不及待地咬了一口，一股浓郁的鸡蛋香味弥漫口腔——我只付了一个鸡蛋的钱，却拿到了一个加了两个蛋的煎饼果子。

"小伙子，我看你心事重重，这个鸡蛋就当送你的。"卖煎饼果子的大叔爽朗地笑了几声，"世界上没有什么过不去的坎，说不定解决办法就在眼前呢？"

我盯着满脸褶子的大叔，像是突然顿悟了。

"大叔，"我说，"问你个事，你喜欢看电影吗？"

3

第二天中午，一条娱乐新闻如同洪水一般席卷了各大娱乐媒体的头条，新闻的内容一致，而标题各有特色，总结成一句话就是：

"金马影后圈外男友曝光，竟是大学城外卖煎饼果子的大叔。"

关掉新闻界面，我看到狗仔给我发了一条微信消息。

"兄弟，真是多亏了你，这次我们才拿到了独家新闻。我听说这俩人今天早上刚确认关系，你是怎么做到昨天晚上就把消息告诉我的啊？"

"没事，记得按时打款就行。"我装作漫不经心地回复了这么一句，心里带着一丝兴奋地翻阅着娱乐新闻。

恋爱的消息曝光之后，金马影后本人也出来回应了这个报道。在用来回应这个新闻的视频当中，影后一脸娇羞地依偎在大叔的怀里。

"我分辨不出一个男人长得帅还是不帅,在我眼里都一样,"她说,"但我分辨得出,一套煎饼果子做得好吃还是不好吃。"

评论区里一片沸腾,不少粉丝留言,说恭喜女神找到了爱情。

我冷笑一声,找到什么爱情。不过是因为我今天早上把影后的红线和大叔的红线连在一起罢了。

中午吃饭的时候,约定好的报酬从银行汇过来,大概有三千块钱。我看着银行卡里的余额不由得笑出了声。

"啊,真了不起啊!"一个戴着口罩和墨镜的女人不知何时出现在我身后,"这种操作简直是空手套白狼呀,不愧是你。"

声音稍微有些熟悉,我转过头狐疑地打量着她。

"你是谁?"我问。

"你不记得我了吗?"

她的声音确实是我喜欢的类型,但我的记忆力并不足以让我想起声音的主人。

见我依然一脸迟疑,女孩伸手摘下了自己的眼镜和口罩,那个瞬间,我的大脑像是被电击一样,一片空白。

"想起来了吗?我是楚楚。"女孩说道。

几乎没有任何迟疑,我扭头就走。

"喂!"她喊我一声,"你倒是说点什么再走啊!我好不容易才找到你!"

"对不起,我跟你没什么可说的。"我完全不在意她到底有没有听到这句话,只顾低着头,快速离开了现场,我根本就不想回忆起关于这个女孩的任何事情。

由于工作需要保密,我独居在学校外的一间公寓里。一回到公寓,我便扑到床上,用被子紧紧裹住自己的脑袋,好像这样就可以逃避这个世界上的一切。

然而我最不想听到的敲门声还是响了起来,而且一阵紧过一阵,我有些烦躁,趿拉着拖鞋走到门边,推开门后大吼一声:"你烦不烦啊?我已经说过了,不想跟你有任何交集!"

然而出现在我面前的并不是那个身形瘦小的女孩。

"我们也不是很想跟你有交集,不过,抱歉了。"几个穿着黑西装的高大男人轻蔑地看了我一眼,接着我看到他们做出一个抬手的动作,还不等我看清他们手上拿的东西,便眼前一黑晕了过去。

4

再次醒来的时候,我依然在自己的小公寓,但是手脚都被绳子紧紧地绑在了椅子上。

看守在我身边的黑衣男子,看到我醒来,便走过来伸手拽掉了我嘴里的抹布。

"醒啦?"说话的却是不远处一个背对着我的男人。

阳光稍微有些刺眼,我努力地眯着眼睛,试图辨认他的身份。

在看到他那张脸的同时,我突然想起了最近刚看过的那部电影,这是一种非常自然的联想,因为他就是那部电影里的男主角。

我想起来了,眼前这个男人,是一个还算出名的电影演员,刚刚在那部电影里出演了男二号,跟那位金马影后搭过戏。而且就在那部电影结束之后,还跟影后传过相当长一段时间的绯闻。

"是你……你在这里干什么?"我有些慌乱地问道。

"干什么?"他笑了笑,仿佛我提出了一个非常幼稚的问题,"你好好想想,难道想不出来吗?"

我虽然有了猜想,但还是摇了摇头。

"我才是影后的正牌男友,"他开口说道,"可是前几天,她突然离开了我,毫无预兆地跟那个卖煎饼果子的走到了一起。我知道我不算优秀,但是再怎么样也比那个人强多了吧?"

"对对对,你比卖煎饼果子的强。"我不停地点头,但他本人看起来比刚才更生气了,朝旁边的黑衣男人招手示意。男人会意,上前一步,对着我就是一阵拳打脚踢。

过了好长时间,他才招手让黑衣男人退下,重新向我问话。

"那你说,我们这么般配,她为什么要离开我?"

"我哪儿知道呀,"我苦笑了一下,"想不到像你这样的明星,也会为了感情的事儿烦恼。"

"这可不是什么无聊的感情问题,我的前程都被你毁了!我本来可以搭上影后的顺风车,从此走上不一样的演艺道路!"

果然,所谓的恋爱关系只是利益的遮羞布而已。我冷笑一声。

"你不要在我面前装傻充愣。有人告诉我,就在她跟那个卖煎饼果子的人走到一起的当天,你跟卖煎饼果子的大叔说了一些奇怪的话。你问他喜不喜欢看电影,还知道了他最喜欢的演员就是影后,第二天他们就宣布在一起了。你现在告诉我这事跟你没关系,你觉得我信吗?"

他一边说着一边压低身子,俯身在我面前,给我带来了极大的压迫感。

但即使压迫感再强,我也绝对不能说出红线管理局的事,毕竟泄露国家机密的下场可比被绑架严重得多。

我的沉默似乎惹恼了他,他开始变得失去耐心。就在这个时候,恼人的敲门声又一次响起。

"谁呀?"在男明星的示意下,我装作若无其事的样子跟门外的人答话。

"是我,楚楚。"

偏偏在这种时候出现,我心里暗自骂了一声。

"我不舒服,你回去吧。"我对着门外说道。

"我知道你不想见我,但也不必这么着急赶我走吧。我就是想知道你当初……为什么要离开我?"

"原来是老相好啊。"男明星看着我,意味深长地笑了笑。

"我听说,分手之前,你找了一个叫红线接线员的兼职,是不是因为你看到了自己命中注定的女孩,所以才想离开我?"

笨蛋!我心里暗自骂了一句。

说时迟那时快。我还没反应过来，几个黑衣男子便一个箭步迈出去。楚楚还没有搞清楚状况，就被冲出来的男人反手按住。

"红线接线员啊，我还以为这个职业只是都市奇谈呢。"男明星坏笑着走出房间，"我听说这行的人都要隐藏自己的身份呀，如果暴露的话，可是要按照泄露国家机密的罪行……"

"好，我认栽了，"我低下头做出一副投降的姿态，"我的确是一个接线员。影后的姻缘也是我给改的，为的只是一个噱头而已。"

"早承认不就没事了吗？"

"你放心吧。我会帮你改回来的。"

"不用，我帮你想好了补救方案，把我跟这个人连在一起就好。"

我接过他递来的纸条，上面写着一个著名导演的名字。

"可这个人……是男的呀。"我面露难色。

"有什么关系，"他无所谓地耸耸肩，"就像你说的，只是个噱头而已。"

说完他拍了拍我的肩膀，仿佛刚刚威胁我的是另一个人，"事成之后我不会亏待你的，我给你的钱会比你想象中的更多。"

5

按照男明星的要求，当天晚上，我就再一次进入红线管理局。

"为什么你非要跟着我来不可？"我问楚楚。

"我怎么可能让你一个人做这么危险的事，"楚楚嘟着嘴说，"虽然你时常丢下我不管，但是我不能丢下你呀。"

"我们已经分手了，说这种话还有什么用？"

我白了她一眼，不置可否地继续向前走去。

这是楚楚第一次进入这里，她看起来小心翼翼，一直在四处打量，显然四周杂乱的红线给她带来了极大的心理压力。

不过这个地方对我来说熟门熟路，我们很快就找到了男明星的名字。他的红线没跟任何人的相连,只是孤零零地悬在半空,如果放任不管的话,他大概就会一辈子孤单吧。

那个导演的名字比较难找,我着实费了一番功夫,但是却一无所获,我扭过头打算让楚楚也来帮忙,就看到她低下头愣愣地看着什么。

我走过去,看到她手中捏着一段红线,接口粗糙,像是被什么人生生扯断了一样。

"这根红线是我的。"楚楚说道,"它是被人扯断的。"

我有些不耐烦。

"别说那些没用的话了,"我说,"先去找到导演的红线,把这个钱赚了再说。"

可是楚楚似乎有自己想找的东西,她疯狂地在乱七八糟的红线里翻找,过了很久才扒拉出一段同样断面粗糙的红线。

"这根红线是你的,它也被人生生拽断了……是你干的对吗?"

我终于失去了最后一丝耐心:"没错,这就是我干的,当年是我亲手扯断了我们之间的红线。"

这么说有些过分,她的眼中已经蓄满了泪水。

"楚楚,你知道当我发现这份工作时是什么心情吗?一开始我感觉非常新奇和刺激,因为红线决定着姻缘的传说,居然真的在这个世界上存在。但是后来,我只感觉到内心一阵一阵地寒冷,因为这个东西存在,意味着世界上根本就没有真正的爱情,所有的感情只不过是被一根线左右着。我们的人生被这样一段粗糙的红线掌控着,你不觉得可悲吗?这种因为红线而存在的爱情,我根本不想要,所以我扯断了红线,也离开了你。"

"你觉得我们的感情是从这段线里生长出来的吗?难道你就这么不相信自己,不相信我吗?"楚楚含着泪花,近乎嘶吼。

"我跟你的想法不一样,我对你的感情,是从每一天的细节里渐渐生长出来的。当我难过的时候,你陪在我身边,那份喜欢便悄悄增加一分;当你开心的时候,主动跟我分享,那份喜欢便又增加一分。我找不到自己到底在哪个瞬间开始喜欢你,但这种积累越多,我对你的感情就越是坚不可摧。就算你扯断红线,它依然存在。"

我摇了摇头。

"你没看到那个男明星的样子吗?感情就是脆弱的窗户纸,一捅就破,背后都是肮脏的利益。"我说。

楚楚却抄起了旁边桌子上的剪刀。

"我会证明给你看的。"

我伸出手试图阻拦,但却慢了一步,只听咔嚓一声,眼前的红线全部断为两截。

"你要干什么?"

楚楚不顾我的阻拦,把接线室内的所有红线都拦腰剪断,让它们变成了无数飘浮的线段,仿佛办公室中舞蹈的精灵,在跳着迷幻的舞步。

"你疯了?"我感到难以置信。

刺耳的警报声响起,房间里红光大作。我焦急地四处打量,终于找到了隐蔽的安全出口,没有过多思考便迈开腿,冲向了那个唯一的出口。

冲到门前时,我几乎是下意识地抓住了楚楚的手。

6

保安很快开始搜索我们的身影,不过我带着楚楚偷偷上了天台。

"你都做了些什么?"我有些抓狂地向她说道,"你把所有的红线都剪断了。"

"这不正是你想要的吗?"楚楚说道,"现在,你可以看看你所坚持的问题,到底是不是像你想象的那样。"

我向远处望去,由近到远的50座楼房当中,窗口陆陆续续地亮起灯光,房间里的人大多正在争吵。红线被剪断之后,人们发现躺在自己身边的并不是想象中的灵魂伴侣,便开始争吵。他们开始厌恶彼此,甚至厌恶自己。

最大声的一对情侣就站在楼下，两人吵架的声音，就连天台上的我们都听得一清二楚。

"你看到了吗？世界就是这个样子，失去了红线的连接，爱情会变成一盘散沙，这只是恢复了它原来的样子罢了。"

楚楚站在天台边上，没有作声。

良久，四周的争吵声逐渐消散，就像是退潮的海水一样，只留下我们两个人。

楼下那对小情侣，不知何时也停止了大声争吵，女孩缩在男孩的怀抱中抽泣，而男孩则轻轻地拍着她的后背。

"爱情不是一根线，爱情是一张网。线可以剪断，但是网不一样，千丝万缕的联系会把两个人依然绑在一起。"楚楚说道，"他们共同经历了太多，就算线断了，他们依然会存在于彼此的生命当中，这就是感情。"

我不再说话，看着对面大楼里最后一盏灯关上。房间内争吵的两个人重新回到卧室，安静地睡去了。

身后传来保安的脚步声，他们用力推开大门。

"但愿你说的是对的。"我举起了双手。

7

后来，我在派出所里被拘留了几天，岳老并没有追究我的责任，所以，我只是失去了这份兼职而已。

至于那位男演员的需求，也只能交给岳老去处理了。

我跟楚楚又重新走到了一起，之后，我没有再发现什么惊人的秘密，而是和她顺顺利利地一起走到毕业。

影后和卖煎饼果子的大叔分开了，不过他们成了很好的朋友。就像楚楚说的，感情是一张网，人与人之间的联系还可以有更多的可能，只要它是真诚的。

有天逛街的时候，我也碰到了岳老，他牵着一个女人的手，幸福地走在街头。

我跟他打了个招呼，突然想到在他手下工作这么长时间，居然连他的联系方式都没有，于是大着胆子向他要了微信。

他没说什么，只是掏出他的手机让我扫二维码，伴随着叮咚一声，搜索结果出现，一个备注为"狗仔"的人，出现在我的屏幕上。

气氛顿时变得尴尬起来。

"你……就是狗仔？"终于我还是率先开口打破了这份尴尬。

"哈哈。"他很勉强地笑了一声，"不好意思啊，瞒了你这么久。"

我突然觉得世界观有点崩塌。

"等等，如果你就是狗仔的话，为什么你要……"

岳老一副解脱的样子，说道："事到如今我也没必要瞒着你了。没错，指导你用红线接线员身份牟利的人是我，告诉那个男明星谁撮合了影后和煎饼果子摊儿老板的人是我，告诉楚楚你现在住址的人还是我……甚至你能顺利进入红线管理局，也是因为我觉得，你能改变管理局的现状。"

"为什么？"

"因为所谓的'月老'，也只是一个普通人罢了。"他叹了一口气，"第一任月老是个超能力者，他创造了这些确定姻缘的红线，可是后来，他觉得自己成了被这些红线摆布的提线木偶，所以选在一个满月的日子从红线管理局楼顶跳下去了……我可不想走他的老路，所以花了那么长时间来培养你，幸好你没有辜负我的期望，大闹了一场。"

"可是……红线这么好的东西，以后就没有了……"

"那也没什么可遗憾的。红线存在时，每个人都把爱情看作理所应当的东西。可感情其实不是这样的，无论何时，它都需要用心对待。"他说着，充满柔情地看了一眼身边的女人，"我们不该用线拴住自己的爱人，而是应该用心。"

红线依然存在，它握在每个人自己的手中。

面试官：柠檬黄

嘘，不要和洋娃娃说话

奇葩职人档案 编号003

玩偶医生

✘

这里的医生不治病人，只救玩偶。

工 作 内 容

1. 制作眼睛
掌握眼部穿线技巧；

2. 填充棉花
熟悉棉花种植培育原理；

3. 修复布料
具备国家一级针线师资格；

4. 深层清洗
高度洁癖者优先考虑。

个 人 信 息

姚师傅
男　就职于玩偶医院
优点心细手巧

备 注 说 明

玩偶医生的患者，不是人类，而是一种拟人却又非人的东西。

1

我是一名医生。

但我的患者不是人类,而是一种拟人却又非人的东西——玩偶。

"玩偶医生"——我们颇有心机地这般自称,努力使其听上去体面一些。

这名头很唬人吧?当初,我就是被这个名头蒙骗,当了师父的徒弟,成为了一名玩偶医生。

那是将近一年前的事情了。彼时,我刚毕业,求职艰难,四处碰壁。机缘巧合之下,听说了这家"玩偶医院"正在招收助理,专业、学历统统不限。唯一的要求就是要心细手巧。

我觉得自己就是他们要找的人。我这个人没什么本事,就是手欠,从小就喜欢摆弄东西,家里的大件小件,都逃不过我的魔爪,这头大卸八块了,那头还能原样地给它拼回去。当然也有马失前蹄的时候,比如,为了给我最爱的孙悟空玩具配一根金箍棒,我从我爹的二八大杠上撸下来一根长螺丝钉,结果车一上路就尥蹶子,差点把我爹甩进臭水沟里。

没想到,就是这个看似无用的技能,让我成功上岗。

我跟在师父后面,对自己即将赴任的新工作非常好奇。

所谓玩偶医院……到底是卖玩偶的,还是开医院的?都不太像,这令我既有些好奇,又生出几分紧张,生怕自己是误入了什么黑店。

师父回头若有所思地看了我一眼,隐藏在镜片后的目光晦暗不明,接着推开了工作室的大门,示意我跟着走进去。

扑面而来的,是一股十分特殊的味道,我想,如果时间像酒一样会发酵,大概就是这种味道。

联排的巨大方桌上,各式各样的工具整齐摆放着,剪刀、镊子、针线、串珠、布料、缝纫机、染色试剂……应有尽有,活像一个微缩版的百货广场。四面墙壁上打着类似博古架的立柜,摆放着大大小小或新或旧的玩偶。

我拿起离我最近的一个洋娃娃。她有半人高,穿小碎花裙,梳双麻花辫，像是要去外婆家玩耍的小红帽。只是小红帽大概半路遇到狼了，裙摆的蕾丝花边碎成了丝缕状，眼珠掉了一只，脖子歪歪斜斜地耷拉着，露出泛黄结团的棉花。

她身上挂着一个手写的纸吊牌。

"姓名：小小。年龄：12岁。入院日期：3月1日。治疗方案：清洗、制作眼睛、修复布料、填充棉花。"

我傻眼儿了，好半天才反应过来。

什么玩偶医生，名头这么响亮，不过就是缝缝补补的修理工而已嘛。

2

"小姚师傅，你师父在吗？"

这是我上工后不久的一天，闻言，我抬起头，又看到了那个眼熟的男人。他怀里的东西足有一人高，用黑色塑料布缠着，竖在地面上，像是一个与男人比肩而立的影子。

"不在。"我冷淡地摆手。

师父其实是在工作室的，只是不在岗。他钻进了那个上锁的小房间，忙活着某项漫长的工作。我问他到底在做什么，他缄口不言。

这让我有点儿恼火。他对我保守秘密，我却要为他在人前遮掩。

男人闻言，把希冀的目光落在我身上。

"跟你说过好几次了，真修不了。"我赶在他开口之前，连忙下了逐客令。师父不在场，我心中反感，更加懒得客气。

男人张了张嘴，却有些语塞，视线游移开，避开了我鄙夷的眼神。他离开了，抱着那个黑布包裹的长条状物件儿，失落而又羞臊，像是一个怀揣赃物的小偷。

塑料布的下端被风吹动，露出一只苍白纤细的脚。

"猥琐。"我对着男人的背影，不屑一顾地翻了个白眼。

几日前我便见过他送修的东西,是一个陈旧的硅胶娃娃。金发碧眼,画着拙劣的妆容,红唇斑驳褪色。

打开包装,真人等高的娃娃赤身裸体地躺在地上,手脚以诡异的角度弯折,湛蓝色的眼睛如静止的湖水。这个画面让人浮想联翩,让人有种羞耻感,连我这个新时代的青年都受到冲击,下意识地移开目光。

师父却很淡定,面不改色地检查完毕,随后婉拒了男人。

修复硅胶需要更专业的仪器,我们这里条件不够。男人面露难色,三天两头地来,不肯放弃。

你能想象一个年近四十的男人,抱着充气娃娃,小心翼翼地央求的模样吗?

我一想到自己费心费力的劳动,竟是为了满足这种欲望,就忍不住感到沮丧。我不明白师父创办玩偶医院的初衷是什么,也不明白师父的身上到底藏着什么秘密,更不明白那些客户为什么要花大价钱来修补一个破破烂烂的娃娃。

我开始有点怀疑这份工作的意义了。

3

天色将晚,我关上店门,踩着吱吱呀呀响的楼梯,爬到了二楼的工作室。尽头的小房间里静悄悄的,门缝下透着一线灯光。师父还在里面。

工作台上趴着一只小青龙形状的毛绒玩偶,翘首摆尾,憨态可掬。我坐下,与之四目相对,在它纯黑色的塑料瞳孔里看见自己死气沉沉的脸。

修补这只小青龙,就是我今晚的工作。

玩偶的主人是个大学生,名叫肖年,眉清目秀,笑起来有些腼腆。他慕名而来,珍而重之地将小青龙交到我手上,一步三回头地离开,那副恋恋不舍的模样,活像是在与恋人告别。

虽然肖年说了,小青龙是十多年前父母送给他的,意义非凡。可我还是搞不懂，一个二十来岁的大男孩，为何会如此依赖幼年的玩具？

是童心未泯，还是他也有什么不可告人的特殊癖好？

戴上头灯与手套后，我一寸寸地捏过小青龙的肚子。这个玩偶内置有发声器，刻录了儿童电视剧《小龙人》的主题曲，用今天的话来说，叫IP周边产品，在当年算得上非常时髦的玩具。

稚嫩的童谣在岑寂的空间里回荡。

"我头上有犄角，我身后有尾巴。谁也不知道，我有多少秘密。"

发声器出了故障，歌声支离破碎，时断时续，伴随着吱啦吱啦的杂音。失了童趣，反倒有些鬼气森森。

这正是肖年前来送修的原因。

我剪开缝线，将手指探进一团松散的棉花里，掏出了发声装置，凑到放大镜下。

整个装置比我想象得要复杂。除了刻录歌曲的电路板、扬声器和播放按钮外，还有麦克风与一套微型存储设备。

这……居然是个能录音的玩偶？

我惊讶地挑了挑眉，用镊子从卡槽里夹出那张指甲盖大小的存储卡，插入电脑接口，导出了一段二十秒的音频。我将鼠标停在播放键上，略作迟疑。

藏在玩偶肚子中的录音，会是什么？

是那个叫肖年的男孩在深夜里的喁喁私语吗？还是父母为彼时年幼的儿子许下的期望？抑或只是一段无法辨识的噪声？

犹豫不过一秒，好奇心迅速占据了上风。啪，指尖敲落。

一个凶狠的声音骤然响起。

由于发声装置老化，音色变形得厉害，又尖又细，像故意捏着嗓子说话一样，更添几分诡异。

但内容却是字字清晰，仿佛有人站在背后，俯身贴向我的耳畔——

"我要杀了你！"

一层寒意蹿上脊背，头皮瞬间发麻，我一把推开电脑，慌忙站了起来。

手忙脚乱之中，不知怎的触动了播放装置。熟悉的旋律再次流淌在空气中。

被"开膛破肚"的小青龙悄无声息地坐在工作台上，面对我，黑色塑料珠缝制的眼睛死寂而木然。

"我是一条小青龙，我有许多小秘密……"

我愣怔在原地，手脚冰凉。一旁的立柜上，那些破败变形、伤痕累累的玩偶，似乎都在看着我，似笑非笑，嘴唇翕动着，异口同声地低吟。

"我有许多小秘密，就不告诉你，就不告诉你，就不告诉你……"

4

每个人都有自己的小秘密。藏在背阴处，躲着阳光，也躲着人。

猥琐男的秘密，是塑料布下露出的赤裸脚踝；师父的秘密，被锁在门窗紧闭的小房间里；客人们的秘密，寄托在了一件件年代悠久的玩偶上。

而肖年……肖年的秘密，就在我的手里。疑云密布心头，最初的惊惧退却后，一股热血油然而生。

一个玩偶，体内录有一段骇人的录音。我笃定，此事绝不简单。

声音的主人是谁？肖年吗？他要杀了谁？他……成功了吗？

"发声装置损坏严重，暂时修不好，有消息再通知你。"我发消息给肖年，随口扯了个谎。我得把小青龙留下来。万一调查出什么来，它可是决定性的证据。

录音共有二十秒，可只有开头这句"我要杀了你"能听清楚，后面十五秒音质都有受损，我正在努力修复中。

除此之外，我又在暗中打探肖年的背景。他的简历就挂在大学官网的首页。我一划拉，获奖列表长得不见底。

"其发明的儿童定位报警器，获得星河市大学生科技竞赛特等奖，个人荣膺科技部'明日之星'称号……"

看来是个学霸。可成绩的优劣,并不能代表人品的好坏。犯罪史上,可不乏高智商的天才。

我心不在焉地瞄着肖年获奖后接受采访的视频,看到一半,便关掉了网页。我要寻找的东西,在这层光鲜亮丽的外壳之下。

所幸,这并不难。我注册了一个小号,登录了肖年大学的论坛。

作为光芒四射的优等生,肖年在论坛里的讨论度堪比叱咤球场的大长腿校草。褒贬不一,毁誉参半,聚光灯下能吸引多少眼球,就会同时引发多少争议。

有人说他性格古怪,不好相处;有人说他自命清高,目中无人;还有人在十分热烈地猜测他的性取向……

不够,还是不够。我需要看到更暗处,更深处。

我尝试着在肖年的名字后面,缀上一些搜索关键词,比如"秘密"、"阴谋"。

很快,我有了发现。

那是一个名为"劲爆扒皮!天才少年不为人知的一面"的帖子。

据发帖人爆料,肖年的原生家庭并不幸福,父母在他十岁时离婚。母亲选择了弟弟的抚养权,肖年则不得不跟着父亲一起生活。身为工程师的父亲脾气暴躁,专横武断,失败的婚姻似乎夺走了他最后一丝人情味儿,他像对待一件精密机器那样,严苛地校正着肖年的一言一行,不允许有丝毫误差……相比于在母亲身边备受呵护的弟弟,肖年的成长过程可谓如履薄冰,稍有差错,便会换来父亲一顿毫不手软的教训……

弟弟?肖年有个弟弟?

鼠标停在这行,我揉了揉被屏幕反光照得酸涩的眼睛。

等一下。这感觉有点似曾相识。对了……视频!

我立刻重新进入大学官网,打开刚才看了一半的采访视频。

镜头前,男孩扶了扶眼镜,表情得体,娓娓诉说着自己作品背后的故事。

"这次发明儿童定位报警器的初衷,是为了帮助广大家长降低幼童走失或者被诱拐的风险。我知道一个家庭失去了孩子，是多么痛苦的遭遇。十年前，我七岁的弟弟在家门口失踪，至今下落不明……"

我的呼吸不自觉地加快了。

模糊的直觉在心底游走，像是有一根无形的线，将诸多不起眼的碎片拼凑了起来，然后倏地绷紧——

一个可怕的猜测被拼接成形，在我的眼前，站得笔直，露出狰狞的齿爪。

5

品学兼优的青年、心生龃龉的儿子、深埋杀意的凶手，会是同一个人吗？

二选一的抉择中，母亲放弃了他，将双份的宠爱悉数倾注于弟弟身上。他会羡慕吧，也会嫉妒吧？那么，迁怒与怨恨，似乎也是水到渠成的事情。

弟弟七岁了，在家门口也能失踪？还是说，他看见的是一个熟识、信任甚至喜欢的人，所以他毫无防备地将自己的手交给了对方。比如说，他的哥哥？

没错，这就是我的猜测：一个出类拔萃的大好青年，实则是内心扭曲的杀人犯。他背负着原生家庭的枷锁、心魔难抑，诱拐了自己年幼的弟弟。随后，他戴上品学兼优的面具，不动声色地行走在阳光下，自以为天衣无缝，却不曾想到他的杀意竟偶然间被录音玩偶捕捉并留存，最终落到了我的手里。

光是想想就令人不寒而栗。可我向来是不惮以最坏的恶意来揣测人心的。不过，我还需要更多的证据，让揣测升级为真相。

但我没有多少时间了。

肖年对小青龙的重视非比寻常，日日都要来询问维修的进度。我逐渐词穷，越发难以维系谎言，但这也进一步证实了我的猜测。

他有问题。

对肖年的背景调查告一段落，没有新的收获。论坛里披着马甲的流言比比皆是但也止步于流言而已，谁也没有证据。

我把希望赌在了后面十五秒的录音上。

暮色渐合，师父从小房间里出来，难掩疲惫，已经回去了。偌大的工作室里只剩下我一人，孤灯只影，被四面玩偶无声簇拥。

百分比的进度条均匀前进。修复完成的音频将在一分钟后解码。我全神贯注，胸腔里像是烧着一簇小火苗。

98%，99%，100%。我屏住了呼吸。

忽然传来一阵脚步声！

木质楼梯吱吱呀呀地颤动，像是一个不堪重负的老人，发出浑浊的哀鸣。

我咬住舌尖，勉强抑制住即将脱口的尖叫声，猝然回首，瞪大眼睛死死盯着楼梯的末端。

肖年的脸正从那里探出来。五官模糊，嘴角挂着虚伪的笑。

6

完了，我想我被发现了。

耳畔嗡嗡直响，满脑子都是这些混乱的想法。我本能地在桌上摸索，想要握住某件锐器或是硬物防身，可手下只有一片柔软。

那是腆着肚皮的小青龙。

肖年的身影逐渐靠近，我终于看清他脸上的表情——很寻常，平静温和，带着些许歉意。

"小姚师傅，不好意思。我刚在下面敲门，可是没人应，我看见楼上有灯，所以冒昧地进来了。"他解释道，向前走了一步。

"你先别过来！"

我病急乱投医，随手抓起小青龙，像盾牌一样挡在自己前面。

肖年顿足，目光落在玩偶上，旋即露出喜色："这么说，是修好了吗？

我就是不放心它，刚下晚自习，特意绕过来看一眼。"

他作势要接，我如梦初醒，触电般缩回手。

事到如今，图穷匕见，避无可避。我竟然冷静下来，尽量让语气显得轻松："你有一个弟弟吧，从来没有听你提起过。"

肖年惊诧于我突兀的提问，可还是点头承认："是。他叫肖岁，在七岁那年失踪了。"

"真的是失踪吗？"

肖年的眉间聚起一抹困惑："什么意思？"

我倏然转身，用力拍下键盘。"我要杀了你！"这五个字像是猛兽一样扑了出来。

"这是你的声音吧？"

我紧紧盯着镜片后面的那双眼睛，努力想在其中找到一丝痕迹，心虚、不安、愧疚、畏惧……什么都行，可什么都没有。

肖年也像是被吓了一跳，不明所以地看着我，眼神茫然无措。随后他像是回想起了什么，渐渐现出恍然之色，眉眼舒展开，嘴角竟浮现一抹笑容！

"是我的声音没错，但是……"他说，嘴角上扬，我却感到毛骨悚然。

没等我继续质问，他忽然微微摇头，用眼神制止了我。

"不是你想的那样。"肖年推了推眼镜，却没有急于澄清，只简短地说了这一句话。

真是不到黄河心不死。我咬牙，点开刚才修复好的完整版录音——

"我要杀了你！"

"救命啊！"

"恶贼，哪里跑！"

"哈哈哈，哥，你抓不到我吧！"

录音在追逐的脚步声与欢闹的嬉笑声中结束。周遭恢复安静，静得落针可闻。

我望着肖年，肖年望着我。小青龙歪在电脑旁，望着我们俩。

场面有些尴尬。

7

那个晚上，肖年向我倾诉了他的秘密。

其实我猜得并不算全错。这个天之骄子，在人人艳羡的光芒下，确实藏着来自原生家庭的阴影。他怨恨过母亲，背离过父亲，也放弃过人生。他有血有肉有缺陷，不是神坛上完美无瑕的雕像。

但我猜错了一点，肖年很爱自己的弟弟。

弟弟的失踪，成了他心口上永远无法愈合的伤痕。

他废寝忘食地研究，发明了儿童定位报警器，就是为了让弟弟的遭遇不再重演，让自己的痛苦不再复制。

"弟弟跟着母亲搬离前，将自己最喜欢的玩具送给了我，就是这只小青龙。"肖年揉了揉玩偶的肚子，"可我当时只顾着生闷气，连声谢谢都没说，也不愿去见他们。那是我最后一次看见他。"

至于那段引发误会的录音，是年幼的兄弟俩在模仿少林英雄大战魔头黑狐王的剧情（来自2006年的动画片《中华小子》），不知怎么，无意间竟被录了下来。肖年以笤帚代剑，舞得虎虎生风，弟弟则带着小青龙抱头鼠窜。最后两人撞进母亲的怀里，打翻了菜盘，父亲怒而缴械，一笤帚问候了兄弟俩的屁股。

不疼。那个时候的父亲，心尖还是热的，藏着表里不一的温柔。

我在肖年吐露的秘密前，无地自容，脸上阵阵发烫，好半天才憋出一句话："我……我一定会帮你修好小青龙的。"

肖年的笑容一如既往，腼腆而真挚。

"谢谢，它对我很重要。"

小青龙躺在肖年的臂弯里，不声不响，可我似乎在那对又黑又圆的眼珠子里瞅见了一缕促狭的意味。

好吧，这是一个很重要的小家伙。

不是因为它掩藏了诡谲的阴谋抑或险恶的秘密。而是因为，它是一个礼物，来自失去的亲人，来自共度的往昔，来自曾拥有过也动容过的时刻，也必将在今时来日，陪伴那些孤身留下的人，继续在人生的山水间跋涉。

它没有血肉，却因爱而活。

也似乎是从那一刻起，我开始领悟到玩偶医生这个职业的真正意义。

8

这场啼笑皆非的乌龙很快传到了师父耳朵里。老实说，我怀疑他早就知道了，他都快活成人精了，什么都逃不过那双鹰隼般锐利的眼睛。好几次他从我的工作台路过，斜眼瞥着正在偷偷摸摸调查肖年的我，都会露出一抹意味深长的笑容，却又一言不发。

因此，在我向他叙述了肖年的故事经过后，他对我发出了无情的嘲笑，临了还不忘使唤我，让我打电话叫猥琐男来店里一趟，说他找到修复硅胶娃娃的方法了。

我苶眉丧脸，老不情愿。

师父看透我的心思，突然问："你知道那位客人为什么执意要修复旧娃娃，而不是去买一个新的吗？"

"没钱呗。"我不假思索，脱口而出。

师父用看智障的目光看着我："咱们店门口这条巷子太窄了，车开不进来。下次你可以到路口看看对方的车。"

"那可是辆价值百万的豪车。"师父继续说。

没想到猥琐男竟然是个富豪，我有些沉默了。

"那我现在再问你一遍，你知道客人为什么执意要修复旧娃娃，而不是去买一个新的吗？"师父敛了敛神色，一向随和的脸看起来居然有些严肃。

我说不出话来，却似乎隐隐察觉到了师父的用意。

师父泡了茶，托着自己的老干部保温杯，慢悠悠地道来：

"那个娃娃是客人像你这么大的时候买的，陪伴了他十几年。他曾经有严重的社交恐惧症，没有朋友，也没有爱人。这么多年，浮浮沉沉，从穷困潦倒到功成名就，从山重水复到柳暗花明，只有这个娃娃不离不弃地相伴左右。可能在你眼中，这是一种羞于启齿的甚至有些变态的癖好，但是对他而言，这个娃娃与活生生的人没有两样。他寄托在娃娃身上的感情，千金难换。"

我点点头，环视靠墙立柜上那些破败变形、伤痕累累的玩偶，无声垂目，它们似乎也在倾听。

9

每个人都有自己的小秘密。藏在背阴处，躲着阳光，也躲着人。

可这并不代表，它们见不得光，见不得人。土豪男的秘密是数十年无需言语的陪伴；肖年的秘密是生离死别的痛楚与对骨肉至亲的思念；客人们的秘密寄托在了一件件年代悠久的玩偶上。

师父的秘密……又是什么呢？

"臭小子！你是不是罪案片看多了，都怀疑到我身上来了！"师父一巴掌扇在了我的脑袋上。

不疼。像肖年记忆中父亲的笤帚。

师父起身，朝我挥挥手："自己来看。"我又跟了上去。

工作室尽头那个神秘的小房间终于向我敞开了门。我恍如走进宝库的阿里巴巴，陡然睁大了眼睛。

没有尸体与血迹，没有从古墓里偷出来的藏宝图，也没有来路不明的成捆现金……小房间里亮堂堂的，四处散落着材料与工具。

一个簇新的玩偶大剌剌地站在桌上，正对着我，是齐天大圣孙悟空，头

木可

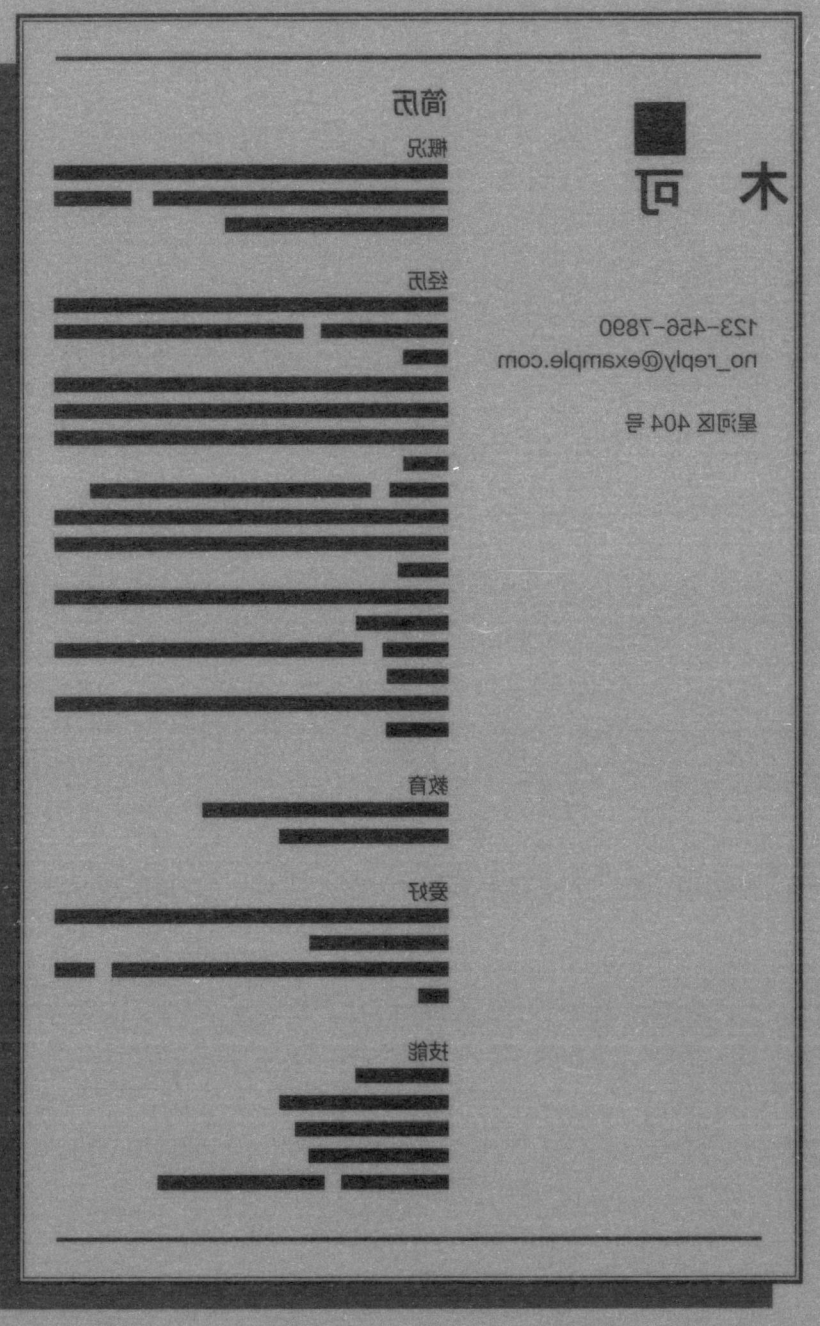

123-456-7890
no_reply@example.com

星河区 404 号

简历

概况

经历

教育

爱好

技能

木 可

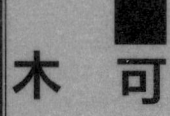

123-456-7890
no_reply@example.com

星河区 404 号

简历

概况

经历

教育

爱好

技能

戴凤翅紫金冠，身穿锁子黄金甲，脚蹬藕丝步云履，手持一根如意金箍棒，神气活现、睥睨无双。

"臭小子，今天是你入职一周年的日子，给你做了个礼物。手艺还行吗？"感动的情绪还没酝酿出来，师父的老脸就怼在了我面前。

我背过身，揉了揉发酸的鼻尖。

"勉勉强强啦。"

其实我也有一个小秘密。

我想有一双能看破魑魅魍魉的火眼金睛，我想做斩妖除魔、匡扶正义的英雄。

可是……我把齐天大圣摆在了遇到狼外婆的小红帽旁边，为她保驾护航。

所谓玩偶医生，尽管只是修补玩偶的工作，可在修复的过程中，以尊重包容、摒弃成见的心，守护别人的心愿与秘密，何尝不是一种英雄呢？

面试官：南摊煎饼

996时代，请保护"程序猿"

奇葩职人档案 编号004

社畜保护员

✗

守护加班的"社畜"，是他们的天职。

工 作 内 容

1. 辨认"社畜"

熬夜加班的"猫头鹰"
奔波出差的"千里马"
狂写代码的"程序猿"

2. 保护"社畜"

避免盗猎者组织，对"社畜"的侵害。

非正常职业研究心

个 人 信 息

宋阳
男　就职于"社畜"保护组织
深入盗猎者组织的间谍

备 注 说 明

人类的适应性极强，总能伴随外界变化而变化，好让自己生存下来。"社畜"便由此而生。

1

月亮很圆。

居民楼下,一个黑影轻轻跃起,双手挂在阳台边缘,然后纵身而上,腾挪跳跃,顷刻间到了十五楼。

我躲在树影里,一动不动,身后躺着个男人,全身上下只剩一条裤衩,估计一时半会儿醒不过来。

我下手应该轻点的。

他那身黄色的外卖员制服此刻正套在我身上,我环顾四周,确认没人,低头对着衣领上的微型通话器开口:"行动。"

"收到。"

2

砰砰砰……

我敲了敲 1501 的门。

"您好,外卖到了!"

"放门口就好,我自己拿。"屋内传来声音。

这声音很怪异,听起来不似人声,更像是《猩球崛起》里那只刚学会说话的黑猩猩。

"好。"我应声,把里面装着热气腾腾的冒菜的外卖盒放在门口。但我没真的离开,而是躲在楼梯拐角里,暗中观察。

不多时,1501 的门打开一条缝,从里面伸出一只毛茸茸的黑手。

我找准机会,掏出麻醉枪,对准手臂就是一枪,目标闷哼一声,仰面栽倒。

我赶紧跑过去,只见他双目紧闭,已然陷入高度昏迷。我松了口气,暗暗庆幸今晚带来的是强力麻醉枪,不然,还真不一定能制服这个高大的男人。

哦不，应该说是猿人。

身后响起一阵脚步声，我回头，看见瘦狗提着一个大号行李箱，气喘吁吁地跑来，露出一口恶心的黄牙："怎么样，我没来晚吧？"

我白他一眼："你迟到了，要不是我带了强力麻醉枪，今晚任务怕是要失败。"

瘦狗嘿嘿一笑："抱歉，抱歉，这不是箱子太沉嘛，提过来费老劲儿了。"

我不再计较，指挥他把猿人塞进行李箱。

瘦狗喜笑颜开："宋阳，这可是一只'程序猿'，咱们这次能拿不少赏金！"

我点点头，也在心里啧啧称奇："哎，你说这些人，是有多大的压力，才从好好的人变异成这副模样啊。"

装好猿人，正准备离开时，走廊的电梯门忽然"叮"的一声打开，几个彪形大汉站在里面，看见我们也不说话，直愣愣地冲过来。

"是保护员！"瘦狗哀号一声，"怎么办？"

"消防通道。"我沉声道。

瘦狗虽然身形瘦弱，反应却很快，率先拉着行李箱跑去。我们刚跑到门口，瘦狗忽然转身，对着我的肚子就是一脚，我没防备，一头栽倒。

"对不住了阿阳，不然咱俩都得完！"瘦狗扔下一句话，闪身进了安全通道。

我咒骂了一句，与此同时，身后大汉赶到，但他们却没抓我，而是守在通道门口。

不一会儿，瘦狗又气喘吁吁地跑上来，看见守在门口的大汉，顿时萎靡，先前踹我的劲儿都没了，扑通一声跪倒在地，束手就擒。

瘦狗看看我，似乎在疑惑我为什么没事，突然间，视线与身形一顿，仿佛想到了什么。

"对不起，我是卧底。"等了这么久，我终于有机会说出这句酝酿已久的台词了！

楼梯下方响起慢悠悠的脚步声，一个娃娃脸的男人带着另一群大汉，笑着爬上来。

娃娃脸的皮肤很白，五官清秀，但脸颊上有一道煞风景的刀疤。他向身侧的大汉吩咐："带回去好好审，今晚一定要把那个窝点揪出来。"

"是！"大汉们应声，带着瘦狗下去了。

3

娃娃脸一派看笑话的样子，向我伸出手："怎么样？"

"什么怎么样！"我冷哼一声，拍开他的手，从地上爬起来，"卧底我当够了。"

他轻咳一声，满脸堆笑道："这是最后一次了。"

"你别骗我了，上次，上上次，上上上次，你都是这么说的。"

他打断我，收起笑容，面色凝重："这次真的是最后一次，而且这次的任务很重要。"

我看着他，不想再说什么。当然，我也不敢多说什么，他的名号叫大鹅，可不是浪得虚名，把他惹急了，能一直追着你打。

"最近发生了多起'社畜'失踪事件，而且失踪者都是德沛公司的员工。"大鹅低声说。

我一愣，德沛？那可是本地的大企业。

"你知道，每个'社畜'都隐藏得很好，甚至连他们的家人，可能都不知道自己朝夕相处的人已经变异了。但这些盗猎者好像对德沛的'社畜'们了如指掌，不仅知道他们的住处，还知道他们变成了什么动物，都有什么弱点。"

我了然："你是说，德沛公司有潜伏的盗猎者。"

大鹅点点头。

对绝大部分人而言，"社畜"只是一句调侃，但只有我们才知道，这两个字背后隐藏着多么黑暗的秘密。

人类是一种适应性极强的动物，无论身处何种环境，都能根据外界变化对自身进行相应的进化，然后生存下来。

这一点，对于在公司工作的人来说，也是如此。

高强度的工作压力，早已暗中改变了人类身体。经常熬夜工作的人容易变成猫头鹰；经常奔波出差的人容易变成马；而刚才那个"程序猿"，他的手关节粗大结实，手指也比普通人更长，这些变化都是为了更高效地写代码。

这种变异在人类之间迅速蔓延开来，不少人白天还是上班族，到了月圆之夜，就变成了各种动物。有科学团队推测，月光对人体有神秘作用，但具体的原理尚未可知。

之后不久，盗猎者应运而生。他们专门在月圆之夜盗猎"社畜"，将猎物送至各种黑工厂或者更为肮脏的地方工作。这些同时拥有着人类大脑和动物本能的"社畜"们，在黑市上代表着极大的利益。而像我和大鹅这样，专门抓捕盗猎者的人，被称作"社畜保护员"，我们防止"社畜"们被盗猎，从盗猎者的手中将他们争夺回来。

我脱下外卖服扔给大鹅："送外卖那小哥在大门右侧第三棵树后面，还给人家，顺便补点钱，大冷天的，都不容易。"

大鹅点点头，又掏出一块巧克力："累了吧，吃块巧克力补充补充能量。"

太阳打西边出来了，他还会关心我？我抬头，看着他扭捏的样子，差点没笑出声。

我一把抓过巧克力，头也不回地走了。

4

德沛公司是许多精英梦寐以求的工作之地，老板许德不仅是个成功人士，还热心慈善，是个传奇人物。

不久后，在大鹅的安排下，我走了个后门，顺利入职德沛公司，继续我的卧底生涯。

刚一来到工作区，我就感受到弥漫在空气中的紧张气氛，无形的压力不断督促着每个人。环视四周，所有人都紧盯电脑屏幕，眉头紧皱，仿佛完不成工作的话，明天地球就得毁灭。

我暗道麻烦，按照以往的经验来说，这样的地方最容易产生"社畜"，也是盗猎者的天堂。

这时，一声大吼打断了我的沉思。

"你妈住院？就是你妈的葬礼，你也不许提前走人！"

我循声望去，只见一个光头粗脖子的中年男人正大声训话，面前一个小姑娘，文文弱弱，白白净净，眼圈早已泛红。

"对不起周经理，但是我妈妈出了车祸，伤得很严重……"女孩声若蚊蚋，低着头，连哭都不敢哭。

周经理扯扯领带，似乎意犹未尽，张嘴准备继续开骂，我上前一步，挡在他面前鞠躬道："周经理好！"

他到嘴边的责骂被我硬生生打断，又不好发作，只好鼓起一对牛眼，死死盯着我。

"我是新来的宋阳，请问经理有什么安排？"我装成一个没眼力见儿的新人。

周经理不耐烦地挥挥手："让张小染带你！"

说完，他挺着将军肚气鼓鼓地走了。

我松了口气，看看那女生，为了打破尴尬，开口道："那个，请问张小染是谁？"

"我就是。"她弱弱地道。

好吧，更尴尬了。

我的工位就在张小染旁边。经过一天相处，我发现这姑娘很尽责，虽然看样子比我小，但做事像老手一样，事无巨细。

我问她为什么被骂。

"一般只要经理没下班，我们都不能走，这是个不成文的规矩。"张小染皱皱鼻子,"但是昨天我妈妈出车祸,我就先回去了,其实那时已经晚上十点了……"

说着,她眼眶又红起来,一滴泪划过白皙的脸庞,她赶紧背过身去擦。

唉,我最怕女孩子哭了。

我摸摸口袋,掏出昨晚大鹅给我的巧克力:"来,吃点甜的。"

她盯着我手里的巧克力一愣,我才发现经过一夜,巧克力已经融化变形了。

"那个,不好意思啊,我待会儿换一块给你。"我挠挠头。

"没事。"她却一把拿过巧克力,小心翼翼放进抽屉里,"谢谢!"

5

张小染说,那天周经理骂她那么凶,应该还有别的原因。

因为那晚周经理明明已经走了,后来又急匆匆跑回来,嘴里还骂骂咧咧的。

"当时他满身汗水,像跑了很久,西装也脏兮兮的。"

我沉思许久,那晚正是大鹅他们顺着瘦狗找到盗猎者窝点,将他们一网打尽的时候。

后来我听大鹅说,行动基本成功,只是跑了一个胖子,全身裹得严严实实,没看清样貌。综合这些线索,我怀疑周经理正是那个盗猎者。

张小染见我感兴趣,还分享了更多情报,比如据她观察,周经理经常背着个鼓鼓囊囊的书包来,里面装的似乎是衣服,但是正常人带这么多衣服上班干吗呢?

总之,我现在把周经理列为 A 级嫌疑犯。

我观察了他很久,发现他并不是每天都背着那个古怪的大包,只有在月圆之夜才会这样。除此之外,我还发现他对手下的压榨方式花样百出。

我并不意外,因为月光只是一个催化剂,真正促使人成为"社畜"的重要因素,就是工作压力。不少盗猎者会通过极端手段摧毁猎物的意志,使人不得不异化成动物,这样他们的目的就达成了。

这个周经理,一定有蹊跷。

一天临近下班,我偷瞄到周经理迫不及待地收拾东西准备走,还背上了那个大背包,神色紧张,像有什么企图。

我悄悄跟在他身后,今天是月圆之夜,正是盗猎者下手的好机会。

他先去了洗手间,进了隔间,里面传来窸窸窣窣的声音,我躲在他隔壁,不一会儿听见开门声,发现他已经换上了一身怪异装束,绒帽、墨镜、厚手套,还有一件肥大的羽绒服,把浑身遮得严严实实。

我跟着他到了停车场,他上车,我则上了另一辆。天色已经黑了,月光正盛,我关掉车灯,远远跟在周经理车后,看他究竟要干什么。

他家在近郊,是有钱人住的片区,人烟稀少,行驶到最后,四周只剩下没开发的大片荒地,杂草丛生。远远看见他刹车,我也赶紧停下,借着他的车灯,看到路中间横着一辆小货车。

大半夜一辆货车横在路中间,没鬼才怪。

周经理按了几下喇叭,但货车毫无反应。

咔啦一声,货车后门打开,跃出七八个黑衣人。他们胸口处都别着一个金色徽章,上面刻着一张网,那是盗猎者的标志。

不妙!

盗猎者们粗暴地拉开车门,把周经理拉下来,强行脱掉他身上的衣帽。月光毫不留情地倾泻在周经理身上,他先是哀号几声,声音越来越怪异,接着嘴巴变长,身上凭空长出不少黑毛,背佝偻起来,发出野兽似的喘息。

原来周经理也是"社畜",而且是罕见的狼人!狼人脾气暴躁,控制欲很强,但有强大的精力和耐力,可以应付长时间的工作,是盗猎者眼中的宝贝。

我恍然大悟,之前从大鹅手中逃掉的应该是他没错,但他不是盗猎者,而是猎物。想来他应该是害怕身份暴露,即使逃走也不敢声张。

我刚理清思绪,盗猎者们已经动手,把周经理麻醉在地,抬上货车扬长而去。

该死！

我一拳砸在方向盘上，都怪我先入为主，盯上错误的目标，害得不但没逮到正主，还葬送了一名"社畜"。

我不敢多停留，立即驱车返回。要是现在被盗猎者发现，我一个人可搞不定。

6

大鹅狠狠骂了我一顿，我没有顶嘴。

作为一个卧底，盯上错误的目标，这本就是最大的失误。

周经理消失后，很快就有新领导上任，为人和蔼谦逊，大家纷纷松了口气，没人再关心周经理的去向。

我却心急如焚。现在可以确定，德沛肯定有盗猎者，而且潜伏时间不短，要不然对方不会对周经理的信息了如指掌。

我每天紧绷着神经，等待敌人下一次出手。

腊月二十九，平时压抑的办公室难得热闹起来，大家都嘻嘻哈哈地等着放假过节。

下班后，张小染非要我送她下楼打车，我拗不过，只好陪她下去。

楼下正好停着一辆出租，司机见我们走来，赶紧招呼："赚完最后一单我就回去过年了，姑娘上车吧。"

张小染好像不太乐意，磨磨蹭蹭地上车，趴在车窗上没完没了地嘱咐我，过年别乱吃东西，多穿衣服，少抽烟，千万不能去相亲，相亲都不靠谱……

我哭笑不得，连连应声，替她把车门关好。

临走前，我无意中看了一眼司机。

他穿着件敞开的外套，里面打底的衬衫上，别着枚金色徽章。

出租车疾驰而去。

我脑子"嗡"的一声，瞬间反应过来——盗猎者！

出租车越来越远，我来不及打车，我想，现在扫码都比拦车或者用打车软件来得快，索性两步跨到路边的共享单车旁，扫码开锁骑上一辆，玩命追了上去。

凛冽的寒风呼啸而过，我的脸被吹得生疼，脚下却一刻也不敢停，心里思绪万千。张小染被盗猎者盯上，说明她也是"社畜"，我竟然一直没发现。

出租车连闯几个红灯，毫不减速地朝城外飞驰。我使出吃奶的劲儿，勉强跟在车的影子后面。

终于跟到一处偏僻的汽车修理厂旁，出租车才缓缓停下。我早已气喘吁吁，头发都被汗水浸湿，四肢发麻，刚从单车下来时，腿甚至软了一下。可我顾不了这么多，赶紧找个地方藏起来，同时联系大鹅说明情况。

"你先观察。"大鹅说。

借着月光，我看见出租车的前后车门同时打开，除了司机，里面竟然还藏着另一个男人。他们合力抬下一个大口袋，里面一看就装了人，只是那人一动不动，看样子已经昏迷了。

司机狞笑，表情不再憨厚："这次的货不错，德沛那边给的情报可真准，卖给那些大老板，他们就好这口儿。"

另一个人舔舔嘴唇："要不，咱俩先试试？"

我死死地瞪着他们，压低声音给大鹅发消息："大鹅，这两个人不是潜伏在德沛的人，他们的情报也是德沛给的。"

"好，你盯紧他们。"大鹅很快回复，"拍几张照就回来，别打草惊蛇。"

我一愣："不抓人？"

"放长线钓大鱼，现在不能动手，必须先把潜藏在德沛的那位给揪出来。"

我沉默不语。

半晌，他再次开口："我知道，你想救她，但得为大局考虑，你是卧底，应该清楚。"

"不。"

"宋阳，服从命令。"

"去你的大局。"我不再理会，悄悄摸上去。

张小染被抬进大门，司机环顾四周，确定没人跟着，从里面把门锁上了。

这可难不住我，我早就瞅准一扇敞开的窗户，轻而易举翻了进去。

7

司机满脸淫笑："现在没人，咱俩先玩玩儿？"

"行，你先来。"另一人搓搓手，一副迫不及待的样子。

"那个，打扰一下。"我开口。

他们倒抽一口冷气，齐齐回头看向我，一脸震惊。

"要不，你们先和我玩玩儿？"我说。

两人没出声，对视一眼，不约而同地从身后抽出刀，迎面扑来。

没跑两步，司机栽倒在地，叫嚷道："地上有油！"

我笑了笑，从兜里摸出一只打火机："别费劲儿了。"

嗡，蓝黄相间的火焰蔓延开来，先沾上两人的脚，而后跳到他们身上。我慢悠悠地掏出麻醉枪，给他们一人来了一发。

几分钟后，修理厂里只剩下火焰燃烧的声音。

我松了口气，幸亏他们把窝点定在汽修厂，让我找到了一桶没用完的汽油。

我跑到张小染身边。刚才抱她从火场里跑出来时，已经替她解开了袋子的封口，但她仍然没动静。我正想看看情况，突然一大群人不知从哪里围过来，将我困在中央。

"你好，宋阳。"许德走出来，他胸前的金色徽章被火光一照，闪闪发亮。

霎时间，所有线索都被串联起来。

对德沛所有员工了如指掌，把周经理这种强人都逼成了"社畜"，除了德沛的老板许德，谁还有这种能耐？

"宋阳，我为你安排的这两个诱饵，你还满意吗？"他说。

"你做这一切，是为了引诱我？"

许德一笑："上次被你跑掉了，不过这次……果然还是英雄难过美人关啊。"

我脸上有些不自然，转移话题道："杀了我，你也会暴露。"

"谁说我要杀你。"许德缓缓道，"大家合作不好吗？"

我没说话。

"不要觉得不可能，我们也是需要人才的，事实上，很早我就知道你了，一个优秀的'社畜保护员'，你在我公司的这段时间，我也一直在观察你，很确定你就是我们要找的人。"

"你是怎么发现我身份的？"我有些不安，担心组织里也出了内鬼。

许德耸耸肩："对我这样的人来说，这不是什么难事。"

我心下了然，许德手眼通天，这确实不算什么。

"你觉得我们没有人性，对吧？"他继续慢悠悠道，"但你想想，'社畜'其实是人类进化的成果，可以让人类更适应现代社会的环境，我们只不过是把他们的价值最大化利用起来而已。"

他说得冠冕堂皇，可越是这样，我就越是感到恶心，感到悲哀。

人类不仅残害其他的物种，如今还压迫自己的同类。

"好了，我也不啰唆，如果你答应，张小染随你处置。"他指指地上的口袋，"如果不答应，唉，我真不想……"

不等他说完，我插话："我答应。"

为了救张小染，我顾不得那么多了。

许德哈哈大笑，上前两步，忽然"嗖"一声，他浑身僵住。下一秒，他扑通倒地，露出插在背上的麻醉针。

"嗖嗖嗖"，一根根麻醉针破空而来，精准地钉在许德的手下身上。

片刻后，只剩我还站着。

"好啊，宋阳，居然答应加入盗猎者。"大鹅领着其他保护员走进来。

"你们怎么来了!"我又惊又喜。

"哼,你忘了身上有定位器?"他过来一把揪住我的领子,"我叫你不要擅自行动,你还这么鲁莽,要不是我及时赶来,你是不是还真想加入盗猎者?"

我赶紧求饶:"我是想来一出反间计……"

大鹅瞪起眼睛,还想再说什么,最终却没有说出口。

"行了行了,赶紧把你的小女友放出来,咱们走吧。"他不耐烦地挥挥手,吩咐手下把许德一伙人抬上车,"没想到真是他,这下可麻烦了。"

"什么小女友啊,别乱讲。"我低声辩解,蹲下身去拉扯口袋。

8

张小染突然出声:"别放我出来!"

我停下手:"为什么?"

口袋里没了声音,只是袋口处被人从里面紧紧攥住。

我一时没了主意,看看大鹅,他白了我一眼,一副"关我屁事,我也是单身狗"的样子,带着人出去了。

"那个,我知道你是……那种身份。"我斟酌着措辞,"没关系,我都习惯了,你变成猪也没事,我妈说了,找媳妇儿得找个能吃的,不过要是河马就得考虑考虑……"

"你才是河马!"话音未落,袋子掀开,一对软乎乎的仓鼠耳从里面钻出来,接着是张小染的脸,她不像其他"社畜"那样浑身是毛,应该没变异多久,还能治。

要说有什么变化,应该是更可爱了。我憋着笑:"这不挺好看的吗?"

张小染低着头,手指不安地摆弄着耳朵:"我就是个怪物。"

"很可爱。"我揉揉她毛茸茸的脑袋。

她闻言抬起头,眼睛滴溜溜的,就像在发光:"刚才,你真的为了救我答应加入他们？"

"没，只是缓兵之计，我才懒得救你。"

"宋阳！"

"噼啪"，远处传来烟花爆开的声音，过年了。

今晚，我们都不加班。

面试官：魏柒

情绪糟糕，需要一场人工手术

奇葩职人档案 编号 005

情绪修补师

✗

调节人脑情绪中枢的程序员。

工 作 内 容

1. 增添情绪

负责在人脑中植入情绪补丁，连接或增生神经元，使其拥有新的情绪；

2. 摘除情绪

负责剥离或阻隔人脑中的部分区域神经，使其丧失某种情绪。

非正常职业研究中心

个 人 信 息

原随
男　工号：1025
完成订单量满 999 的情感修补师

备 注 说 明

需要修补情绪的人，生活往往有缺憾。

1

原随几乎要把脸贴到屏幕上了。

他凑得很近，观察光标闪烁的同时，双手在操纵着一个形似键盘的仪器。原随眯着眼睛，核对了一遍屏幕上的代码，然后按下了按键。光标停止闪烁，周围延伸出无数银色细线，贯穿一个又一个节点，整个屏幕看起来就像繁复精致的电路图。

躺倒在沙发上的女人发出略带痛楚的喊声。她坐起身，一只手还扶着前额上戴着的金箍似的塑胶圈："原先生，为什么会这么痛？这不会对我的大脑产生什么影响吧？"

"不会。只不过是您这次同时添加的情绪补丁太多，大脑自然会有一些反应。"原随用手背擦了擦汗，小声说，"这么复杂的情绪代码我也很久没有植入过了……好了，安装完成了！您可以摘下感应器了。"

女人撑着额头，半信半疑地问："这样就可以了？"

"是的，这次'情绪修补'非常成功，您已经拥有您想要的那些情绪了。不过因为是新植入的，可能需要几小时适应。"

说话的间隙，原随已经将桌上的仪器收好放进挎包里，转身对女人鞠了一躬："那么本次服务就到此结束了。我的工号是1025，方便的话，希望您给个好评。"

原随离开高档公寓，在手机上报告今天这最后一笔订单。明细里面写着这个女人希望植入"对丈夫温柔""对孩子耐心""对情人大度"之类的情绪，原随猜测这又是一个试图挽回出轨丈夫的中产太太——不过无所谓，作为"情绪修补师"，原随从不好奇客户的故事。

毕竟需要修补情绪的人，生活往往有缺憾。而这样的缺憾多了，情绪修补师这个职业就应运而生了。

原随刚入行的时候还很不安，觉得和"情绪"有关的职业会不会需要像心理医生那样能说会道——但后来原随发现，这完全就是个技术工种，更像是程序员。

情绪修补师们带着修补仪东奔西跑，感应器会将客户的大脑皮层信息传送到屏幕上，"增添情绪"就是植入情绪补丁，连接或增生神经元；"摘除情绪"则是剥离或阻隔部分区域神经。因为现代人的缺憾越来越相似，公司还专门写了几套"情绪代码"，方便一键安装。而这些操作则由感应器放射出的微小电流来完成。

不过今天原随接的这个订单有些棘手，因为在他这个等级的修补库里没有相应的代码，今天安装的内容完全是他凭借过去的经验当场写出来的。

"你们是怎么分派订单的？今天但凡换个人就完成不了了。"原随边归还仪器边向工号0425的调度员埋怨。

工号0425笑了笑，把怀里的电脑屏幕亮给原随看："已经998单了，你马上就可以回到原本的等级了。"

原随摸了摸鼻子。他原本负责的是更复杂细微的情绪处理，只不过因为一年前的一场意外，他被客户投诉，受到了降级处分。

他在进行修补的过程中，不小心多剥离了客户的一部分情绪。事后这名客户就向公司投诉，公司原定为其免费提供一次情绪修补，但该客户以"修补回来的那部分情绪已不是自己的情绪"为由拒绝了这个提议，拿了一笔赔偿金，却仍然不愿意撤销投诉。

所以原随的名字后面挂上了一个黑色感叹号，他只能再度从基层做起。

"他们说你这一年做活儿谨慎多了。"工号0425揶揄道。

"不仔细不行，不能再犯同样的错了。"原随笑笑，离开了公司。

他不是没想过和那名客户私下和解，直到他意识到自己低估了对方的固执程度。

不过幸好，再接两单他就可以撤销处分了。明天下班的时候，他就能回到原来的等级，只要不再碰上——

原随抬头看到路灯下的年轻女人，心中一凛，双手紧握成拳又松开……只要不再碰上颜忧一样胡搅蛮缠的客户就行了。

"好久不见了，无良修补师。"颜优显然也看到了原随，微笑着向他招手。

2

第二天原随从公司出来的时候，发现颜优还蹲在那个街角。昨夜下班之后原随看见她，还以为又要爆发一场恶战，可没想到颜优一言不发地跟在自己身后走了很久。

当原随终于按捺不住回头，想要询问的时候，这个女人却像鬼一样消失了。

只是不小心摘除了一些情绪，又不是摘掉了整个脑子，原随腹诽道。这都一年了，不会还企图用这种方式让自己道歉吧？

所以看到颜优的时候，原随扬起头从她面前经过。果不其然，颜优立刻就跟了上来。

两个人一前一后走了几条街，颜优终于开口："我爸住院了。"

"颜小姐，该赔的钱我们都赔了，而且我又没给你爸爸摘除情绪。你爸住院和我没关系。你如果还想要赔偿金，那就是敲诈了。"原随转身说道。

"但我被公司开除了，我现在没有收入。"颜优顿了顿，继续说，"就是因为你摘除了我那部分情绪，所以我才没办法处理人际关系，才会导致……"

"拜托，我摘除的是你的'愧疚'。"原随有些不耐烦了，"你不要把你不会处理人际关系硬扯到这上面来好不好？而且我们之前说过，可以免费帮你植入一次补丁……"

颜优摇了摇头："那就不是我的情绪了。"

原随撇撇嘴。两个人陷入了短暂的沉默。这时原随的手机响了一声，是新订单提醒。原随低头看了看订单内容，离这里不远，要求一小时内到达。

"我有活儿了，你别跟着我，去找找工作吧。"原随扬扬手机，但他没想到颜优一把扑上来抓住了自己的胳膊。

"不行，这件事你得帮我解决。"颜优说："是你拿走了我的情绪。"

"都跟你说了帮你补，你自己又不要。"原随甩开颜优，往前走了几步，发现颜优还是亦步亦趋地跟在身后，"真搞不明白你到底在担心什么，我们的客户反馈明明都很好的。好了，你不要再跟着我了……这样吧，你跟我去下一家，这个客户要补的就是'愧疚'，你看完就会知道植入补丁真的不会对你产生什么影响的。"

这次的客户叫程谙，是个 24 岁的年轻女孩。看到这份履历和要植入的情绪时，原随倒吸了一口气，这跟当时颜优的资料太相似了——但这次他绝不会再出错。

"我好像只预约了一位修补师……"

程谙打开门看到有两个人的时候还有些迟疑，但很快就在原随"这是我的助手"的解释下打消了疑虑。

颜优在沙发上坐下——这女人倒是一点儿也不客气——原随在桌子上鼓捣着自己的仪器。程谙给两人斟了热茶之后就在一旁等着。

"程小姐，你这次要植入的是'愧疚'没错吧？"原随问道。

听到修补师叫自己，程谙一时之间有些慌乱："是，对，怎么了？"

"没什么，就是仪器启动需要一些时间，我让客人放松一下罢了。"原随说着，将感应器递给了程谙，这时身后传来颜优的嗤笑："你们现在加了这项服务了？"

原随回头瞪了颜优一眼，示意她闭嘴。

程谙不解地看着两人，还是将塑胶圈戴到了头上。刚固定好，程谙就感觉额头上有冰凉酥麻的触觉。

接通电源的时候，仪器屏幕上跳出了密密麻麻的像素点。原随操纵"键盘"，放大了其中某一块区域，开始进行嫁接和调整。

"你们就是这样控制情绪的？"原随工作的时候，颜优突然把头凑过来。

原随瞥了一眼身后，若有所思："喔，对了，你也没有看过这个操作流程。反正基本原理就是这个。科技是伟大的。"

颜优没说话，坐回了原来的位置。倒是程谙，一直不安地看着那个仪器，似乎在质疑是否真的有用。

原随注意到了，开口安慰："程小姐你放心，我们公司服务了那么多客户，反馈都是很好的。"

"那就好。"程谙微微颔首，盯着天花板上的吊灯。

这并不是特别复杂的情绪，原随完成得很快。越简单越容易生效，让颜优亲眼见证修补的效果，也是原随今天的目的之一。

当程谙摘下感应器的时候，有两道期待的目光同时投向她。

原随在等着程谙说话，但没想到程谙只是捂着脸，久久没有出声。这让原随有些忐忑，该不会这次又出什么意外了吧？他可承受不起第二次投诉。

"对不起……"半晌，程谙才吐出这句话，原随能看到她眼角的泪痕，"我只是想到了我爸爸……效果很好，辛苦您了。"

原随连忙鞠躬回礼，讲了几句客套话之后，他收拾东西带着"助手"离开了程谙的家。他正思忖要如何向颜优解释效果以及应对她的发难时，回头却发现颜优不知道什么时候已经离开了。

奇怪的女人。原随按了按自己的挎包，心想。

3

颜优好几天没有再来找原随，但晦气却围绕在原随身边。自从颜优消失以后，原随竟没有再接到任何新订单，升职的道路就卡在了一个微妙的数字上。

"如果我是你，就会给自己放个假。"工号0425站在柜台前面忙碌，"就算你在这里等着，也不会有新客户来的。"

原随焦躁地戳了戳桌面："怎么可能一单都没有？我的单子是不是被系统拦截了？我现在很怀疑你们的代码，上次派给我越级订单也是……"

"科技是伟大的，它有自己的考量。"工号0425抬起头来，"说到这个，最近我们新增了客户回访的服务，既然你这么闲，不如就由你来负责吧。"

"客户回访？"原随仿佛听到了什么不可思议的事情，"不是吧，怎么回访？'喂，请问您挽回您出轨的老公了吗？'这样？我们的口碑会跌到谷底吧。"

"跟客户交流也是有必要的。"工号0425说着，把一叠客户档案塞到原随的怀里，"但用什么方式就需要你自己考虑了。"

浑蛋，明明是自己不想做这些琐碎的活儿，所以才统统扔给我。原随右手胳膊夹着几本档案，边在路上横冲直撞边在心里骂道。可调度员的话不能不听，原随决定先从最近服务的那位名叫程谙的客户开始回访。

程谙没想到没隔几天又能见到自己的情绪修补师，开门之后还愣了愣，但很快就邀请原随进去坐。原随根据回访表单上的问题挨个提问，程谙略加思索都回答了。

根本没什么新鲜的嘛。难道真的会有客户说我们坏话吗？原随把程谙的档案翻面，在后面用马克笔画上一个勾。

"不过，原先生，做这个情绪修补会有后遗症吗？"看到原随打算离开，程谙犹豫了一下，还是问道，"我这几天……就是修补结束之后这几天，总感觉有人跟着我，不知道是不是我多虑了……"

"后遗症？"原随皱了皱眉头，"不会的，我们从来没接到过这样的反馈。"

程谙松了口气："那可能是我的错觉。因为这几天正好是……应该是我太累了。麻烦你了，原先生。"

原随点了点头。他对程谙的欲言又止没什么兴趣，但所谓的"修补后遗症"还是第一次听说。难道真的是自己精神压力太大，修补的时候出了岔子？想到这里，原随心里更加烦躁，捻了捻地上的烟头。

他抬头正好可以望见程谙家的窗户，里面透出橘色的灯光。原随叹了口气，觉得自己可能不太清醒了，所以才把程谙的错觉当回事儿，还在这里等了一下午，观察有没有可疑人物。现在天都黑了，该回去了。

正当原随转身打算离去的时候，他忽然发现了不对劲儿。有一道黑影从左侧某个停车位后面蹿出来,一个戴着黑色鸭舌帽的人在社区里狂奔。

好家伙,原来真的有跟踪狂。原随迟疑了半秒,立刻追了上去。那黑影跑得不快,原随很快就缩短了两人之间的距离,他身子前倾,伸手扯下了那人的黑色鸭舌帽。

颜优一头长发披散,两个人在路灯之下面面相觑。

"你……你在搞什么?"原随一手抓着帽子,一手抓着文件,有点儿不知所措。

"多管闲事!"颜优夺回帽子戴上,正了正帽舌,"我在进行观察。"

"观察?你这样很像个变态好吗!"原随有点摸不着头脑,"你不会是在观察增加情绪对人的影响吧?你直接去找程小姐不就好了……"

"我又不是真正的修补师助手,这样反而更奇怪吧?"颜优反驳道。说完这句话,颜优不再看原随,而是扭头望向程谙家的窗口。

窗户里的微光化为倒影映在颜优的眼睛里,原随忽然觉得这个女人有点落寞。

"所以你通过观察得到的结论是什么?"原随问。

"你们做修补师的,是不是真的从来没有用心去了解过客户?"颜优收回目光,语气平淡。

原随反而被这口气吓到:"这个……我们的员工手册里没有这项要求。"

况且这本身也是一个相当机械的劳动,当你在人脑上操作久了之后,人脑只是机床,情绪补丁只是螺丝钉。作为技工的我们是不会有什么感触的。

但这后半句可能会激怒颜优,原随还是选择吞了回去。

"你们就是这样自信,所以才会觉得我们的痛苦微不足道。"颜优叹了口气,退后几步,然后转身离开。

这次原随没有去追,只是转头看向程谙的屋子,一言不发,不知在思考什么。

4

星河区有名的私立小学校门前停满了豪车。原随倚在一辆宾利车旁，盯着一个衣着华丽的贵妇。放学的钟声响彻整个校园，孩子们从教学楼里冲出来，在车群里找自己家的车牌号。

原随看到有个男孩扑进了贵妇的怀里。那贵妇摸了摸男孩的头，蹲下身子让男孩亲吻了一下自己的脸颊，然后牵着他的手上车。

"反馈……良好。"原随嘴里叼着笔帽，边发出含糊不清的声音，边在档案后面画了一个勾。毕竟有的客人是私下要求提供服务的，不能每一个都那么明目张胆地去回访。

"下一个是……"原随把已经完成的档案放在文件的最下面，露出为难的表情，"嘶，怎么还有这么多……那家伙该不会把我过去几年接的单子都给我调出来了吧。"

原随快速翻了一遍那沓文件，发现颜优的档案果然就排在倒数第三个，压在下面。

原随抽出颜优的档案，就像自己刚接手这份文件时一样，仔仔细细地看了一遍：颜优，女，24岁。修补时间：10月4日上午10点。摘除情绪：愤怒。

"你们做修补师的，是不是真的从来没有用心去了解过客户？"原随反复琢磨着颜优的这句话。

有这个必要吗？原随在心里问自己。有这个……啧。真烦。原随越想越觉得这个客户给自己带来的不只是晦气，他心烦意乱，下意识去摸口袋里的烟盒。

"先生，医院里面不可以抽烟。"路过的护士严厉地瞪了原随一眼。

原随咋舌，把烟盒又收了回去，旋即又唯唯诺诺地问道："我想问一下，颜志永在哪个病房？"

"6号病房，走廊尽头左手边就是。"

原随循着护士的话推开虚掩的病房门,前两张病床上分别坐着两个老人,最后一张床用布帘隔开,一个中年男人正侧躺着,背对着原随打盹儿。

那是颜优的父亲。原随找了张椅子坐下,看着颜志永。他蜷缩着身体,面容干瘦,头发因为化疗而变得稀疏,看上去比实际年龄要老。他的呼吸很缓慢,像具活着的尸体。

颜优的父母已经离婚了,父亲罹患食道癌,已经是晚期。如果不是这次摔断了腿到医院做全身检查,颜优可能一直都不会知道父亲已经离死亡不远了。

这是原随得到的为数不多的关于颜优的资料。父亲癌症晚期,又丢了工作,对于颜优而言,的确是很大的负担。难道摘除的那部分情绪真的对她造成了不可逆的影响吗?

床上熟睡的人不知何时才会醒来,原随起身想给他倒杯水,没想到帘子"哗啦"一声被拉开,颜优拎着一袋水果,看着原随惊疑不定。

"你来这里干什么?"颜优把原随拽出病房。

"不是你让我多了解了解客户吗?"原随回答得漫不经心。

"你真的是……不是让你来这里!"颜优咬牙切齿地说,"你走吧,我爸什么都不知道,你不要跟他说任何事情。"

"我还什么都没讲呢。"原随耸肩。

"你最好是。"颜优恨恨地回答,"别再来了,知道吗?"

原随撇撇嘴,觉得这客户真是过于麻烦。但俩人的争执已经引起附近护士的注意了,如果再待下去,保不准会被保安赶走。原随只好先离开。

"我就不应该来这里,真是浪费时间。"原随抱怨道。

电梯在12楼停了一下,原随向后退了一步,方便外面的人进来,这时听到有人叫自己:"原先生,好巧。"

是程谙。

"我刚才还在楼下超市遇到您的助手呢。您今天来这里工作吗?"程谙说着走进了电梯,按下底部的按钮。

"是有点事儿。"原随模棱两可地说,"程小姐怎么来医院了?身体不舒服吗?"

"不是不是,这里住院科的医生是我爸爸的朋友,每年这个时候,我都会过来送些慰问品。"

"哦,你爸爸是医生?"原随问。

"我爸爸生前在这里住过院,他们很照顾我爸爸。"

程谙说这句话的时候面不改色,好像已经习以为常。但原随却着实噎到了,在心里大骂自己口无遮拦。

"对、对不起,我不知道这件事。"原随忙道歉。

"没事的,原先生不是也已经帮我了吗?"程谙冲原随眨眨眼,原随忽然意识到,程谙指的是自己修补情绪这件事。

"所以你植入愧疚的情绪是为了……你爸爸?"原随小心翼翼地问道。

"嗯。"程谙沉默了一下,"我爸爸其实好几年前就已经去世了。为了赚钱,他总是不着家,我也跟他发过很多次脾气,他去世之前,我还在跟他闹矛盾……后来我才意识到是自己错了。"

原随皱了皱眉头:"如果这样的话,你是不需要植入多余的'愧疚'情绪的。"原随担心的是某种情绪超负荷,真的会对程谙的身体造成损害。

"原本是这样。"程谙点头,"但是这两年我发现自己渐渐没有那么难受了。有时候我甚至会因为太忙忘记我爸的忌日……"说到这里,程谙摇了摇头,"我害怕那些情绪消失了,迟早有一天我会忘记我爸,所以我才找了你们。"

随着"叮"的一声,电梯停下,金属门缓缓打开。程谙一改刚才悲伤的语气,回头对原随笑着说:"谢谢你了,原先生。"

原随还没来得及说话,就被涌进来的患者挤到了最里面。电梯门又一次合上了,缓缓上升。

这就是颜优一直以来愤怒的原因吗?或许正是因为颜优对父亲的爱产生了偏差,所以才对原随失手摘除情绪那件事耿耿于怀?

"原来我真的对她们的人生造成了这么大的影响。"原随低头喃喃说道。

5

"你约我出来最好是为了解决你之前服务的遗留问题,否则我可能会报警。"颜优一边搅拌着咖啡一边说,看样子也就是在开玩笑。

原随对着要过来续杯的服务生摆摆手,清了清嗓子,然后站起来,对着颜优鞠了一个躬:"颜小姐,我为我之前的工作失误向你道歉。"

颜优显然是被这一幕吓着了,呛了一口咖啡,连忙去取纸巾,错愕地看着原随。

"真的非常抱歉,我没想到我一时的失误,对你造成这么大的影响。"原随仍然没有起来。

颜优皱了皱眉头,本来想说什么,但是看到原随态度诚恳,最后只吐出一句:"算了,你们公司该补偿的都做了,我早就不怪你了。"

原随长吁一口气,猛然抬头:"真的吗,颜小姐?"他在等颜优主动说出撤销投诉的事儿。

"嗯,你坐吧。"颜优点点头,"……我知道了,你是想让我撤销对你的投诉。你放心,我会撤销的。"

原随惊喜交加,坐了下来,又点了一份甜品推到颜优面前,"我没想到你父亲会对你这么重要。可能是做我们这行的都不太能感同身受吧,我不应该把你的问题想得那么轻巧……"原随这么说着,抬头却发现颜优的表情有异样,他担心自己的措辞是不是不够真诚。

"你能不能不要擅自揣测?"颜优呵斥道。

"难道不就是因为你很爱你的父亲,所以……"原随支支吾吾,"可这不就是你跟踪程小姐的原因吗?你们的事情我都好好了解过……"

"我是让你去了解一些事情,但不是让你去揣测。"颜优说,"没有人会爱那个一无是处的男人,那个男人就是累赘。你不要在这里胡说八道了!"

颜优愤怒地起身,拿起包就要离开。原随连忙追上去拦住她。

"颜小姐,如果你觉得我有冒犯的话,我可以跟你道歉……"

"我告诉你,如果没有那部分'愧疚'的话,我根本连见都不想见那个男人!"颜优回头厉声说,声音大到周围的行人纷纷侧目。

"那所以呢?这次的撤销计划又失败了?"工号0425笑道。

原随翻了个白眼:"拜托,我的档案在你那里,撤没撤销你不是一眼就看得到?不过真是够烦的,那些事情我怎么可能知道。"

工号0425不置可否:"也可能是你还没找到正确的交流方式。"

原随起身拍了一下工号0425:"你只知道说嘴,那要不然你教教我怎么办?"

"这我教不了你,不过我有个好消息要告诉你。"工号0425想要做出惊喜的表情,但仍然是一张扑克脸,"你的最后一笔订单来了。"

"给我看看。"原随心里雀跃了一下,但他发觉做自己并没有想象中那么欢喜。

他凑到屏幕前看了一会儿,掏出手机拨通了颜优的号码。前两次都被挂断了,第三次拖了一分钟颜优才接起。

"我不是来跟你讲你的事情。我这周六有场情绪修补,希望你来看一下,地址我等会儿用短信发给你。"

在颜优破口大骂之前,原随快速说完了整句话并挂断了电话。

幽幽蓝光打在原随脸上,映出新订单的客户信息:程谙,女,24岁。修补时间:3月9日上午10点。摘除情绪:愧疚。

6

颜优想过掉头就走,但她还是抑制住了这股冲动,按响了门铃。开门的是程谙。程谙看到她,先是叫了一声"颜小姐",态度不如上次那么拘谨了。

颜优进屋看到一脸尴尬的原随,便猜到原随可能已经将自己的身份告诉了程谙。

"那我们开始吧。"这一次程谙倒是采取了主动,平躺在沙发床上,固定好感应器。

颜优坐在一旁抱着膝盖，看着原随聚精会神地摆弄着屏幕上的像素点。这样一个东西就可以影响自己的情绪吗？颜优这么想着，摸了摸自己的头。

但自己不是的确已经被影响了吗？自己对父亲日复一日的憎恶不就是最好的证明吗？

"好了。"原随的声音把颜优拉回现实。这一次原随的速度更快，似乎也没什么失误。为什么他当时帮自己做修补的时候就不能再细心一点呢？

"程小姐，感觉怎么样？"原随问道。

"嗯……感觉心里的负担好像轻了一点。"程谙说。

两人都不再说话了，原随开始收拾仪器。颜优本想问原随，今天找自己来到底是为什么，但当她看到桌上程谙的客户档案时，心里却生出了其他的疑惑。

"为什么要摘除'愧疚'？你不是刚植入没几天吗？"颜优脱口而出。

"我植入这部分情绪，是为了不让自己忘记对爸爸的爱。"程谙垂下眼帘，"这部分情绪也让我回到爸爸刚去世的那段时间……我活在愧疚里，几乎无时无刻不在想我之前做过的错事。从这个角度来说，那次情绪修补真的很成功。"

在反复重温往事的时候，程谙也想起了更多的细节。每一次争吵过后，父亲还为她留着门，在客厅等到深夜；父亲在家的时间很少，但会笨拙而用心地准备礼物。父亲房间的床头柜里，全都是程谙的奖状和证书。

因为过于自责而忽略的父亲爱她的细节，在一次次回溯中全部苏醒过来。程谙发现父亲一直以来默默在爱着他。自己辞世后，女儿能活得快乐无忧，或许是父亲最后的愿望。

"继续用'愧疚'折磨自己并不能证明什么。"程谙笑道，"因为爱这种东西会消失，也会生长。"

但颜优却摇摇头："不是的。我们的爸爸不一样。他根本不爱我，也不值得我去爱。他太懦弱，在单位和同事打架，老板都找到家里来了，工作丢了也不去找新的……我妈跟别的男人跑了的时候，我甚至觉得她是对的！"

颜优的情绪变得激动起来："如果不是因为他身体一直不好，如果不是因为这个，没有那点'愧疚'的支撑，我根本没办法面对他！"

"所以你一直纠缠我，就是因为这件事？"原随沉默了那么久，终于开口说道。

"我知道这其实没什么意义……"颜优看了他一眼。

"颜小姐，我觉得你好像误会你自己了。"程谙听着，眉头紧蹙，"你好像一直都误会自己——不爱你父亲了。"

颜优在歇斯底里的边缘，被这句话拉了回来，连原随都回头，不解地看着程谙。

"我听……原先生说过一些关于你的事情。"程谙停顿了一下，"颜小姐，表面上你害怕将被摘除的是'愧疚'，其实你害怕的是你被摘取的情绪，是你对你父亲的爱。

"这么多年你一直在寻找一个合适的理由去爱他，逃避他的懦弱，逃避他的无能，逃避很多东西……我想你或许因为爱这样的父亲而感到羞耻。但其实不需要，因为这个世界上，不会有人比你更了解你的父亲了。"程谙说到这里的时候，舒了一口气，最后一句话像是说给颜优听的，又像是说给自己听的。

"爱是不需要理由的，也不要因为爱感到羞耻。"程谙说，"颜小姐，或许你需要的是坦诚，而非愧疚。"

7

"我真的不知道应该先恭喜你，还是应该先批评你。"工号0425无奈道。

原随一摊手："这两者不冲突吧。"

"这是你的新工牌，欢迎你升级，原修补师。"工号0425把一个塑胶袋扔给原随，"但是看系统记录，你最近的订单完成率大大下降了，之前一天可以做五个单子,现在怎么一天只做两个?你这样会接到投诉的。"

原随接过工牌,别在自己的胸前:"我觉得我们应该新添一些服务了,比如多跟客户交流感情之类的。"

"你不要跟我贫嘴。"工号0425有点恼火。

"没有跟你贫。我只是觉得我们应该让客户知道,他们需要的是什么,他们的目的是什么。科技是伟大的,但并不是任何事情都可以靠科技解决的。"原随收拾好仪器,掼到身后,对工号0425做了一个飞吻的动作,"人脑并不是科技可以考量的。"

说完,原随就跑出了公司,完全没给工号0425教训他的机会。

"这家伙。"工号0425拿他没办法,低下头去处理自己的工作。屏幕上突然跳出一个窗口,工号0425看了看,又透过玻璃望了望原随离去的背影,露出了哭笑不得的表情。

"工号1025,客户申请撤销投诉。请系统受理。"

"受理完成。投诉撤销成功。"

面试官:一百方

用 快 乐 换 寿 命，能 多 活 几 年？

奇葩职人档案 编号006

童年贩卖师

✗

有个丁老头，专门用童年游戏换寿命和钱。

工 作 内 容

1. 陪孩子们玩

具有孩子王特质，亲和力强，能与孩子们打成一片；

2. 推广旧游戏

熟知传统儿童游戏滚铁圈、踢盒子、跳皮筋等游戏的各地区玩法。

个 人 信 息

老丁
男　孩子王
根据口诀，可画出他的模样

备 注 说 明

没有游戏机的地方，他才会出现。

1

老丁好像是突然出现在村子里的，没人知道他的底细。他无儿无女，也没老伴，孤老头子一个，有些嘴下不积德的人背地里称他为"老绝户头子"。让人们感到奇怪的是，他既不种地，也不养家畜，更没听说有什么手艺，人们路过他家院门口的时候，却总能闻见肉香，就连村长经过他家门口，也忍不住提着鼻子，探头往里面瞧上两眼。所以，他的出现在这样一个闭塞的村落，还算一件能引起些许轰动的事儿。

闲聊的时候，人们会酸溜溜地说上一句，这老头儿，哪儿来的钱呢？当然，更多时候，他们说的是，这老头儿，怎么总有肉吃呢？对于乡下人来说，钱太抽象了，大家都没见过太多钱，但肉不一样，肉很香，香味从院子里飘出来，从村东头一直飘到村西头，钻进每一个人的鼻孔，扰得他们心神不宁，桌上的地瓜苞米不甜了，铝盆里的豆腐白菜也不嫩了。孩子们闻见肉香，也吵着要吃，大人们就会说，吃什么肉，谁家天天吃肉？我告诉你，那吃的都是小孩儿的肉，再不听话，就把你送到老丁家炖成肉！

但除此之外，老丁对于整个村子是无害的。他穿的是庄稼人的衣裳，踩的是庄稼人的鞋板子，举手投足也和村里人别无二致。他和村里的大人很少说话，更无人情来往可言，村里的老头喊他去下棋，他不去，老太太搬了凳子邀请他打纸牌，他也不肯。人们跟他搭几句闲话，他总是笑着和人家打岔，一句听得见，下一句听不见，回的话南辕北辙，只是打哈哈。时间久了，村里人只当他是个老糊涂，越来越没人愿意理他。

但是方瑞知道，老丁非但不糊涂，还是个特别厉害的老头儿。他吃的肉，就是肉铺里秤的肉，咬在嘴里，满嘴流油，他才不会去吃小孩儿呢！

2

方瑞九岁那年的夏天，温度奇高，酷热难耐。吃完午饭，他和几个小孩蹲在树荫底下百无聊赖地坐着。天太热了，树上的鸟耷拉着翅膀挂在树杈上，三大娘家的几只老母鸡溜着墙边队形整齐，四叔家的大黑狗，拴着链子吐着舌头躲在阴影里来回踱步，方瑞觉得世界都凝固了。远远望去，田间地头热气蒸腾，人们都躲在家里炕头上，摇晃着蒲扇，等着太阳下山，借着余晖的光亮再干活儿，每到这时候，村子里就成了孩子们的天堂，仿佛只有旺盛而稚嫩的精力才能顶住阳光暴晒。

太阳升高，树荫变小，其他伙伴们陆续起来，一小片阴影已经显得捉襟见肘。

"咱去河坝上玩水咋样？"方瑞说。

"我爹说那条河里总淹死人，不让我去。"宝山子立马打起了退堂鼓。

"咱们就在河边，不往里去！昨天我都去了，啥事儿没有。"

"方瑞，咱们就在这儿玩会儿吧。"另一个胆小的伙伴二德子说。

方瑞有点儿泄气，但还是说："这里有啥玩儿的，你们不去我自己去，河里有鱼，有蝌蚪，还能捡到好看的石头，你们都没见过。"

他从裤兜里掏出三块鹅卵石，一块圆得像大饼，一块方得像豆腐块儿，还有一块三角形的，和三大娘的曲曲眼一样。三块石头在几个人的手里来回传递把玩儿，方瑞知道他们动心了，便一把将石头收了回来，说："跟我去，我带你们捡更好的，比我这个还好。"

野河离村落有段距离，方瑞带着几个孩子，边走边玩儿，走了好一会儿才到。河水在阳光下金粼粼的，几艘木质的小船搁浅在石滩上，渔网散发着腥臭的味道，中间还挂着几条晒成了鱼干的白条子。方瑞第一个下的水，凉凉的河水没过脚踝，清爽从小腿一直输送到全身。其他的孩子也忘了家长的嘱咐，三三两两地扎进河里，互相扬水，各自扑腾，间或被一条受惊的鱼吸引，嘎嘎嘎地欢笑着，间或捞起河底一颗形状奇特的石头，迎着太阳来回晃动。

直到大人们的吆喝声由远及近传来，他们才发现太阳已经快要落山了。

欢声笑语变成了鬼哭狼嚎，大人们的愤怒汇聚在一起，你一脚我一巴掌，好像狼群冲进羊群，不管打的是不是自家的孩子，只要抓住就只管揍。

"哪个小瘪犊子带头来的！"村长说话的时候，眼睛已经锁定了方瑞。

"我带头来的。"方瑞也不示弱。

"我一合计就是你，你爹妈在外头打工多不容易，你也不让你爷你奶省心啊？老头老太太管不了你，我管你。"村长抬起手又要打。

一旁的小德子他爸上前拉住村长，说："咱先管好自己的孩子，这小子等他爸过年回来再收拾他，方大志下手狠着呢，都给他记下来，看他爸怎么削他。"

那天晚上，爷爷奶奶睡下以后，方瑞轻轻打开门闩，溜了出去。他要报复那个要打他的村长，更要报复那个打算跟父亲告状的老德子。他捡了两块手掌大的碎砖，在月光下壮着胆子去寻仇。

"小子，拿着石头要干啥，打人吗？"突然，身后传来一个老人略带讥讽的声音。

方瑞被吓得一激灵，砖头落地，回过头一看，老丁背着手就站在他身后。方瑞有些害怕，那是他第一次独自见到老丁，同时又莫名觉得屈辱，他看着对面得意扬扬的老丁，心里升起一股无名的气愤。

方瑞大喊一声："老绝户头儿！"看见老头儿的笑容转成错愕，方瑞头也不回，趁着月色朦胧得意地跑回了家。

3

第二天傍晚，方瑞路过老丁家门口的时候，老丁站在院子里喊他："小子，你进来，我给你好玩儿的。"

方瑞停下脚步，扒着大门往里瞧，发现老丁手里托着两个宝石一样的蓝色玻璃球，这种稀有的玻璃球他以前赢过一个，但只在手里玩儿了半个月就输给邻村的小孩了，那是一个茶色的球，虽然颜色浅淡，但放在花球当中，还是显得鹤立鸡群，尤为难得。

"两个破蓝宝石，我不稀罕。"方瑞想起昨晚骂人的事情，总觉得老丁想要收拾他。

老丁嘿嘿一笑,脸上的皱纹沟壑更深,但一口牙却好像年轻人的牙齿一样整齐光洁:"你仔细看好,到底要不要?"

老丁从口袋里又掏出几个玻璃球:绿宝石、猫眼球、琥珀球,无一例外,全都是珍稀品种。

"你真给我吗?"方瑞一脚门里一脚门外,一脸狡黠地看着老丁。

老丁点头:"进来,我问你个事儿,说明白了我这一把都给你。"

方瑞犹豫再三,终究没有经得起那一捧玻璃球的诱惑,壮着胆子走进老丁家,他特地把门大开着,心里盘算,只要老头变卦,要动手,他立马就能逃走。

走到老丁身前,方瑞伸手说:"拿来吧。"

"先别着急啊,你昨晚骂我的话,是哪儿听来的?"老丁问他,但显然并不生气。

"大人说的。"方瑞说。

"他们还说什么了?"

"你到底给不给我,不给我走了。"方瑞说。

老丁也不着急,把手掌一握:"你给我说明白,我就给你。"

"他们说你不干活,还总吃肉,吃的都是小孩的肉,让我们离你远点儿。"

老丁笑了:"那你不怕我吃了你?"

方瑞有些紧张,咽下几口吐沫,壮着胆子说:"你吃了我,我爸回来会打死你的。我爸可厉害了,他一只手就能把你拎起来,然后一拳就要你的命。"

老丁笑得更开心了,这让方瑞感到害怕,每次他和小伙伴提起他爸爸的时候,他们都会害怕,但是眼前的老头不怕。他觉得不可思议,这世界上怎么会有人不怕他爸爸呢?方瑞想不通。

"好了,给你吧。"老丁把手一摊,几个玻璃球滑落到方瑞的手掌里,"你要记住,大人们说的不对,丁爷爷喜欢孩子,孩子们可是丁爷爷的命啊!以后你多带人来这里玩儿,我保证,带你们玩的东西又新奇又有趣儿。"老丁说。

方瑞得偿所愿，攥着刚刚拿到手的冰冰凉凉的玻璃球，不屑地说："你还有啥？"

老丁指了指身后的屋子："自己进去看看吧，一定不会让你失望的。"

走进老丁的屋子，方瑞彻底被震撼了，他放下了所有的戒心和警惕，沉浸在如梦幻乐园一般的房子里难以自拔。方瑞从来没见过谁家有这么多新奇的玩意儿，他家没有，小德子家没有，就连玩具最多的宝山子家也没有。花纹漂亮的陀螺，羊骨制成的嘎拉哈，成堆成摞的三角烟盒和画片，组成方队的军事塑料小人，皮筋、沙包、风筝、弹弓，老丁的屋子里，确实应有尽有。琳琅满目的小玩意儿，有些方瑞认得，有些以前从未见过，要在老丁的帮助下才知道怎么玩儿。方瑞兴奋地摆弄摆弄这个，鼓捣鼓捣那个，双眼放光，额头冒汗，玩儿得不亦乐乎。

"这些都是你的吗？"方瑞拿起一个模型汽车问老丁。

"都是我的。"

"你家不是没有小孩吗？"

老丁笑了，好像已经看透了眼前这个小机灵鬼的想法："对呀，但是这些都有大用处呢。"

"那这些东西能再给我几个吗？"方瑞试探地问。

老丁摇摇头，神秘地说："告诉你个秘密，爷爷其实是个童年贩卖师，这些玩具，都是爷爷吃饭的家伙，我搜集孩子们在童年时的快乐，把快乐卖给城里的公司，拿它们换寿命和钱。所以，爷爷要一直哄你们开心啊。"

方瑞似懂非懂，虽然对老丁的身份仍感到疑惑，但有件事他是确信的，以后自己可以继续来这里玩儿。

4

从那天以后，老丁的家成了孩子们的乐园，村里的孩子们每天一大早吃过早饭，就跟着方瑞往老丁家跑。大人们开始觉得不放心，扒着墙头瞧了几次，看见老丁的院子里平平整整，不种蔬菜，也不养狗和牲畜，孩子们不会磕着碰着，而且老丁也在一旁陪着，眼睛里尽是欢喜，像对待自家的孩子，自然也就放下心来。与其叫孩子们在外面疯跑，倒不如在老丁家玩儿，离家不远，随时能够找到，而且老头对孩子们好，总是拿出好吃的发给他们，有了这个去处，大人们心里踏实了不少。

方瑞知道，每天当大人们结伴下地干活，不再打扰孩子们的时候，老丁才会从屋子里拿出真正的好东西给他们玩儿。而这个院子，也好像突然变得无穷大了，无论孩子们怎么跑，都碰不到院子四周的栅栏。更神奇的是，不管从哪个方向望过去，老丁都会在前方不远处，背着手笑意盈盈地站在那里等着孩子们过来。

"小子，看看里面都有什么？"老丁从身后拿出一个圆柱状的东西，攥住一头，将带着一个黑窟窿眼儿的另一头递到方瑞的眼前。

方瑞两眼一闭一睁，贴着窟窿眼儿向里看，只见另一个老丁出现在里面，此时正朝方瑞挤眉弄眼。

"老丁，我看见你啦！"方瑞惊喜地大叫。

"这个叫万花筒，专门用来记录我为孩子们发明的游戏，只要我这么一扭……"

"呀，你手里推的是什么？"方瑞问道，"是风火轮吗？"

画面之中，老丁手拿一个一米多长的铁棍，正推着一个四周燃烧着火焰的铁圈飞速向前跑，嘴里还念念有词："滚铁环滚铁环儿，铁环铁环轱辘圆儿，从北京到上海，你追我赶真好玩儿。"

"哈哈哈，那是滚铁圈，是我几十年前发明的游戏，不过现在过时了，没人玩儿咯，你爹你妈小的时候，肯定都会玩儿。看见那个弯弯钩了吗？用那个地方推着铁圈，铁圈就能像轱辘一样跑起来，而且越跑越快，越快越响，刺灵灵刺灵灵。"老丁说。

诸如此类的东西，老丁有很多。比如，可以自己围着院子跑的小汽车，在黑暗中把屋子照得如同白昼的五彩水晶球，可以吹出巨大泡泡，无论怎么碰都不会破的金色小喇叭。除了这些稀奇古怪的玩具，老丁也会教给孩子们一些新的游戏，老丁说，这些游戏都是他发明的，无论城里还是乡下，小孩儿都喜欢玩儿。

其中一个游戏叫作踢盒子，首先要在地上画一个圈，将一个铁皮盒子放在中间，选出一个抓人的小孩儿，再由力气大的小孩把盒子使劲扔向远处。抓人的小孩儿要先把盒子捡回来放回原处，然后才能开始抓那些躲起来的孩子。但是，如果找人的时候，有人跑出来把盒子踢出圈外，这一轮的游戏就结束，抓人的还得继续抓人。方瑞最喜欢这个游戏，因为他的力气大，总是能将盒子抛得远远的，每次盒子在半空翱翔的时候，孩子们都会对着天空惊叹，这让他感到骄傲且满足。

当孩子们玩累了，老丁就让他们围成一圈，然后将一个雕刻着十二生肖的金色八音盒摆在地上，孩子们每个人扭动一个动物，八音盒就唱起了歌，老丁就在舒缓的音乐声中，给他们讲故事。故事里的世界，是方瑞他们从没听过的世界，那里有比山还高的巨树，有流淌着蜂蜜的河流，有三个脑袋的獐子和两根尾巴的黄牛。

"你们要把这些游戏和故事都记好了，以后你们上学了，帮丁爷爷把它们教给你们的同学，把他们带过来和爷爷一起玩儿，这样，爷爷就能活得更久，就能一直给你们买零食，一直陪着你们玩儿，直到你们都长成大孩子，明白了吗？"老丁说。

"明白啦。"一个女生怯生生地说。

老丁摸了摸女孩的头："上次你跟爷爷学的跳皮筋的儿歌还能记住吗，给爷爷唱一遍？"

"记得！"女孩挺着胸脯唱，"小皮球，用脚踢，马兰开花二十一，二八二五六，二八二五七，二八二九三十一，三八三五六，三八三五七……"

一旁方瑞也不甘示弱："我也会！谁放的屁，震天地，我骑着摩托车，来到意大利，意大利的国王正在看戏，闻到一股臭气心里不满意！"

孩子们一阵哄笑，老丁也跟着笑："明天爷爷再教你们一个好玩儿的。"

"好好好！太好啦！"孩子们欢呼着。

"明天这个游戏，叫机器灵砍菜刀……"

5

这一年的冬天来得很早，还没到腊月，雪已经漫山遍野。村子里外出打工的中年人陆续回村，兜里揣着浸透汗水的票子，身上扛着的蛇皮袋里，装着村子里甚至镇子上也难得一见的新鲜玩意儿。方瑞的父母托人带了话，说今年晚点儿回，老板怕厂里没人干活，压着工资，要到年根底下才给。

每年的这个时候，原本冷清的村子便喧闹起来，地头上没了活计，男人们总要找点儿乐子，耍点儿小钱，女人们一年未见，也都凑到一起唠嗑。孩子们脸上的鼻涕干净了，破大衣换成了崭新的棉袄，兜里头鼓鼓囊囊揣着零嘴儿，聚在某一处相互分享炫耀。

方瑞没有新棉袄，仍旧穿着油光锃亮的旧大衣，方瑞也没有好吃的，裤兜里沉甸甸的，除了破石头就是玻璃球。他还是每天吃过早饭就溜到老丁家玩儿，只不过除了他以外，去老丁家玩儿的孩子一天比一天少，直到最后从早到晚，屋里只有方瑞和老丁两个人，相对无言。方瑞告诉老丁，宝山子的爸爸从城里带回来一个游戏机，孩子们都去他家看热闹了。

"老丁，你有游戏机吗？"方瑞问。

老丁摇摇头："那是个啥？"

"就是连在电视上，里面就出现小人，可以打枪，好像他们一样，"方瑞指着柜子上整齐摆放的小兵模型，"还能开坦克和飞机。"

老丁仍旧一脸茫然。

"现在小孩儿都玩那个了，宝山子他爸给他买的，是外国产的，大家都去他家排号，一次只能两个人玩儿。"方瑞说。

"我说孩子们怎么突然都不来了呢，你怎么不去呢？"老丁问方瑞。

"不想去。"方瑞有些落寞，他不想告诉老丁，自己没有新棉袄，总是被人笑话，更不想告诉老丁，自己没有零食可以换取游戏时间。孩子们对他不再言听计从了，大家现在都听宝山子的话。

老丁沉默地看着坐在炕沿的方瑞，一时间不知道说什么，只是不停地抽烟。

方瑞突然抬起头说："老丁，你能买一个游戏机吗？那样大家就又都来你这儿玩了，你肯定有钱吧。"

老丁再一次摇摇头，方瑞闪烁的目光暗淡了，低着头摆弄手指。

"方瑞，你说老丁这里啥没有？等眼前的你都玩儿遍了，我再教给你新的，保证你没玩儿过！"

方瑞觉得老丁说的没错，撇着嘴，重重地点了点头。

6

等待父母的日子格外漫长，方瑞挨了好久才总算到了腊月。每天清早他都会先到村口转悠几圈儿，期盼着父母早日回来，甚至有时候他还存着一丝侥幸，盼望着父亲也给自己带回来一个像宝山子有的那种游戏机。一直等老丁家的烟囱冒了烟，方瑞手脚冻得僵硬的时候，他才钻进老丁家的院子，爬到火炕最里头，和老丁下象棋、玩儿弹珠。

老丁的耳朵越来越背了，精神头时好时坏，经常下着棋的工夫就挂着棋盘打起了盹儿，原本身形挺拔的老头，如今变得迟缓和虚弱，方瑞对老丁也有些不耐烦了，但他还是强忍着跟老丁在一块儿，因为只有老丁不会嘲笑他没有新棉袄，也只有老丁愿意不厌其烦地一直陪他玩儿。

"哎呀，老丁，你怎么又打瞌睡了！你不是才睡醒吗？"方瑞的双手上红绳缠绕，俯瞰下去，一条条红线平行排列，两个手指好像抻着一坨面条。这是老丁新教给他的游戏，叫翻花绳，也叫解股。

老丁缓缓张开眼睛，强打起精神，将手指穿过绳子，左右交替动作，面条成了一条左右对称的金鱼，他对方瑞道出原因："孩子们都去玩儿游戏机，老丁身体自然就不行了。"

"你是生病了吗？我爷爷去年也生病了，去医院住了几天，回来就好啦！"方瑞有些担忧。

"爷爷不是病，是寿，干我们童年贩卖师这行儿的，寿命都是孩子们给的，医生治不了，得你们小孩儿治。"老丁的笑声虚弱，有些凄凉无奈。

方瑞转了转眼珠："我就是小孩，我给你治。"

"一个孩子不行，要好多好多的孩子才行。"老丁说。

"那我就把他们都喊来，一起给你治病，咱们村有十几个小孩儿，邻村的我也认识！"方瑞说。

"好孩子，不怕，爷爷没事儿，你可千万别又出去惹事儿。"老丁摸了摸方瑞的头，欣慰地说。

当天傍晚，方瑞吃过饭就跑到宝山子家，宝山子见到方瑞，问："方瑞，你要玩儿游戏机吗？"

"我不玩儿，你玩儿的时候我能看看吗？"

宝山子骄傲地挺着胸脯，好像得胜归来的将军："晚上我爸不准我玩儿，他说玩了一天，游戏机都烧热了，不能玩儿了。"

"游戏机怎么会烧热，又不是柴火，你骗人。"方瑞说。

"我才没骗人，就是热的，不信我带你进屋摸一摸，你就只能摸一下。"

方瑞跟着宝山子来到里屋，看着他从立柜下面小心翼翼地将一个纸盒抱了出来，盒子打开，里面有一个黑色的方盒子，旁边放着几个黄色的小卡带和两个带着按钮的手柄。

"你摸摸，是不是都热了？"

方瑞伸出手，摸了摸黑盒子，确实感受到了温热。突然，他一把推开宝山子，抱起游戏机就跑，宝山子一时有些懵，叽里呱啦叫了好几声，脚下却一动不动，再看方瑞，已经站在院子当中，双手将游戏机举过头顶，狠狠地朝地上一砸。

塑料崩裂的声音和宝山子的哭声响彻天地，方瑞满意地看着地上四分五裂的电子元件，用袖口蹭了蹭鼻涕，心想，这样大家都会回到老丁家，老丁的病也就好了吧！

7

老丁的院子，果然又热闹起来了，没了游戏机，孩子们只好重新回到老丁身边。但是方瑞，却很长时间没有再出现。他被爷爷奶奶关在家里，两个老人轮番坐在大门口看着他，绝对不让他踏出大门半步。砸游戏机的事情还没有解决，一切要等方瑞的父亲回来再商量解决办法。

方瑞每天靠在窗户旁，望眼欲穿地看着孩子们跑来跑去，心中烦闷。他想和孩子们一起玩儿，更想知道，老丁的病到底好了没有。他趴在墙头上大喊往昔的小伙伴，大家却看都不看他一眼，完全无视他的存在。方瑞有些后悔砸了宝山子的游戏机，可是，只要游戏机还在，老丁的病又怎么会好呢？

一天下午，老丁突然来了，方瑞不顾爷爷奶奶的阻拦，急匆匆地从屋里跑了出去，可当他站在老丁面前，却不知道说什么了。

"想没想老丁？"老丁的状态确实好了很多，佝偻的背重新挺拔了，蜡黄的脸也恢复了往日的光彩。

方瑞撇着嘴，眼泪在眼眶里打转："老丁，你的病好了吗？"

"托你小子的福，病好了。"老丁说，"过几天我就要走啦，临走前来看看你。"

"你要去哪儿啊？"

"去没有游戏机的地方啊！"老丁说。

"游戏机都被我砸了，你不用走！"

老丁摸了摸方瑞的头："你砸了，人家不会再买吗？傻孩子！"

这下，方瑞再也忍不住了，眼泪顺着脸颊流了下来，一边哭一边说："能不能等我长大再走，等我长大了，我就像我爸爸一样厉害，我就不让他们买游戏机，你就可以一直陪我玩儿了。"

"等你长大了，就不玩儿游戏了，你要学习工作，娶媳妇儿，生孩子，哪儿还有时间和爷爷玩儿？"老丁一把搂过方瑞，"不哭了，爷爷再陪你玩儿一次好不好，你说咱俩玩儿啥？"

方瑞抽抽搭搭地擦了擦眼泪，说："玩儿玻璃球行不？"

老丁没有弹珠，只好跟方瑞借了几个，一老一少就蹲在飘着雪的院子里玩儿了起来。方瑞这几天，都是自己和自己玩儿，越玩儿越觉得索然无味。他一对上老丁，发现焕发活力的老丁，弹球的水平一点儿不比他差，顿时也来了精神，顾不得手脚冰凉，撅着屁股一会儿跑到这边一会儿跑到那边，玩儿得不亦乐乎。

一直玩儿到太阳西沉，方瑞的爷爷奶奶叫他吃饭，老丁才直起身，狠狠地捶了捶后背说："今天谁赢了？"

"你看你手里的球还有几个？"方瑞说。

老丁张开手数了数，七个玻璃球在手中像一朵花般排列着："还有七个。"

"我借给你九个，剩七个，你输我两个，我赢了！"方瑞说。

"那就先欠你两个。"

"好，你还得给我蓝宝石的。"

"成，也不知道罐子里还有没有，这两三天我找到了，就给你送来。"老丁说。

8

老丁好像是突然在村子里消失的，没人知道他什么时候走的，原本一屋子孩子们的玩具，一夜之间竟然都不见了。更让人们感到惊讶的，是他的床上还放着一个和宝山子坏了的那个一模一样的游戏机，游戏机的下面压着一张纸条，说是替方瑞赔偿宝山子的。人们茶余饭后，总觉得这是个奇谈，都在纳闷儿这老头究竟从哪弄来的游戏机。但很快，人们就淡忘了老丁。和他出现的时候一样，他的消失，在大人们眼里，在这样一个村落里，仍旧只是件不大不小的事儿。

  只有方瑞知道老丁是什么时候走的，因为一天夜里，他做了一个梦，梦里老丁和他道别，说家里找不到蓝宝石的玻璃球了，为了弥补他，帮他赔了宝山子的游戏机。老丁说，我教给你一个别人都不会的游戏，是一个非常少见的绘画游戏，可以算他当童年贩卖师想到的最好玩的游戏之一，只需要背诵好口诀，就可以快速画出一个老丁的样子。老丁告诉方瑞，如果想他了，就按照口诀把他画出来，无论老丁走到哪里，都会立刻得到消息。

  "一个老丁头，欠我俩弹球，他说三天还，四天也没还，去你妈个蛋，我买了三根韭菜，花了三毛三，买了一块肉，花了六毛六，一串冰糖葫芦，花了七毛七，你看这个人，就是丁老头。"

面试官：梅珈瑞

人才

黑市

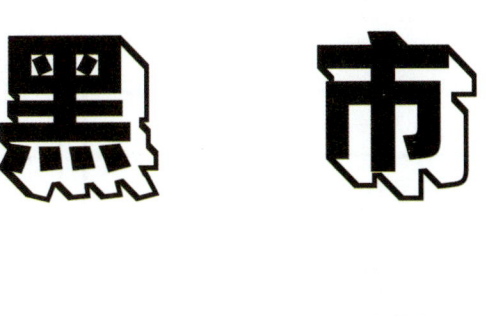

18岁的少女，拥有一条70岁的舌头

奇葩职人档案 编号007

味觉出租者

✗

日薪五百元起，操作简单，在家兼职。

工 作 内 容

1. 开发味蕾

品尝大量食材，满足承租人的口腹之欲；

2. 味觉传感

将味觉传输器放至舌根处，选定时间开启味觉传感，每24小时生效一次。

P.s. 被养刁的舌头，会失去租赁价值。

个 人 信 息 | 备 注 说 明

林默

女　出租编号：I567290

味觉灵敏，口味偏甜、偏清淡

人的舌根上，有绵长的人生百味。

1

林默最近手头很紧。

她同时在做三份兼职：咖啡厅里端盘子、大学里扫楼、代写作业。

结束了一天的工作后，她习惯去买点小吃来缓解忙碌的兼职带来的压力。摊主阿姨夹起外表酥脆的臭豆腐，撒上香菜，再浇甜酱和辣酱。林默只是看看就忍不住咽口水。

她狼吞虎咽地吃完烫嘴的豆腐，获得了一些足以抵御寒风的暖意，然后去自助取款机上取出这个月的工资，赶回爷爷家，让他把钱给朱爷爷送去。

朱爷爷是林默爷爷的老朋友。他们从小在一个院子里长大，年轻的时候一起下海经商，就连房子也要买在同一栋楼，做对门邻居。

林默很喜欢朱爷爷，他手艺很好，能用胡萝卜雕花。林默小的时候，朱爷爷经常在暑假里偷偷请林默吃自制的草莓冰棍；逢年过节，两家人凑在一起办酒席，朱爷爷掌勺，蒸煮烹炸之间，东坡肉、鸡包翅、爆炒双脆、金玉满堂一一出锅。朱爷爷还会亲手擀面皮，给林默做她最爱吃的蟹粉汤包。菜上桌后，大人们说说笑笑，回忆往昔；小孩子吃饱了，下桌追逐打闹，好不热闹。

后来，林默跟着爸妈搬出了爷爷奶奶家，跟朱爷爷断了联系。林默只是在爸妈口中听到过，这些年朱爷爷过得不太好，他膝下无子，老伴还跟别人跑了，孤苦伶仃的，年轻时积累的财产也不知道哪儿去了。

三个月前，爷爷突然打来电话，说需要一笔钱。再三追问下，我们才知道是朱爷爷生了重病，医保只能报销一部分，剩下的得自己出。爷爷有心帮他，却也没有办法，因为他的大部分积蓄都用来资助爸爸买了市区的新房子。

爸妈商量了一下，拿出了十万块。

"毕竟我们家每个月还要还房贷、车贷，而且默默上学还得管我们要生活费，再多真的没有了。"妈妈说。

林默在房间里听得心里很不是滋味，她今年读大三，已经是大人了，也该懂得感恩了。

于是，她找了好几份兼职，没日没夜地干着，连男朋友的生日都抛在了脑后。爷爷不会用手机的电子钱包，所以每到发薪日，她就去银行取一沓现金交给爷爷。

这天晚上，林默把钱交给爷爷回到家，发现爸妈一脸严肃地等在客厅里。原来是辅导员打电话来告状说："你们林默每周五下午都翘课去做兼职，学生还是应当以学业为重，钱的事儿等毕业再挣也不迟。"

爸爸很生气，对她发出一连串的责问："你就这么缺钱吗？爸妈给你的生活费不够多吗？是不是跟同学攀比了？学生的主要任务是学习，你不务正业，现在跑去挣钱，以后给别人打一辈子工！"

林默低着头，哭了。有些委屈，有些无助，但她不能解释，如果爸妈知道她是为了朱爷爷去赚钱，又该把矛头对准朱爷爷了。

2

林默回到房间一个人哭泣，哭累了看手机，发现男朋友已经两个礼拜没回她信息了。两周前，男朋友因为她做太多兼职，每天都见不到面，所以跟她大吵了一架。

他们是分手了吗？

想到这里，林默更难过了。

她打开手机相册，里面除了她吃过的美食，就是和男朋友的合照。

她正打算一张张删除，手机上突然弹出一条短信提示："招聘味觉出租者，日薪500元起，操作简单，在家兼职。"

之前她也收到过类似的短信，全当垃圾短信无视了，现在她被放大、加粗的"日薪500元起"冲击着视觉神经，不知不觉中点开了短信里附上的链接。

进入主页前得先注册，林默按照要求填写了包括家庭住址在内的个人信息。有一栏比较特殊，要求注册人填写自己平时最常吃的食物，频率从高到低，写满十样。

填写完毕后，林默终于进入了主页，里面密密麻麻地显示着无数匿名的用户。他们用数字编码取代真实姓名，统一的舌头头像下是用户的年龄和对食物的偏好。林默下滑页面，每一条待价而沽的舌头或吮吸，或舔舐，各自妖娆地扭动起来，做着诱惑的动作，极力想要吸引浏览页面的潜在顾客。

林默切换浏览模式，变成了出租人，页面上的各色舌头如潮水般退去。眼前的界面被简洁的表格替换，专属于林默的编号自动生成：

出租人：l567290，年龄：21岁，特点……特点……林默想了想，既然是味觉出租平台，应该要写的是和吃有关的特点吧？

她是这么填写的：味觉灵敏，口味偏甜、偏清淡。

出租公告发布后，没过几分钟，林默就收到了同样匿名，但头像是一张卡通嘴巴的用户的私信：

每天8小时，550元人民币，时间：一个月。

林默揉了揉眼睛，有些不敢相信自己这么快就达成了交易。

界面跳出"同意"或"拒绝"的按键。

她下意识地点了同意，接着页面又出现了可以选择时段的滚动条。

林默选择了午夜0点至上午8点，点击确认后，再去看她的公告，标签已经变成了"已下架"。

等到整个流程结束，林默才开始忐忑起来。

为什么会有人要租别人的味觉呢？他们味觉失灵了吗？味觉该如何出租啊，不会把她的舌头割掉吧？

林默越想越害怕，一边揉着乱发，一边胡思乱想。

3

第二天，妈妈的叫声将她从拔舌的噩梦中唤醒。

"默默，你又乱买什么了？"妈妈敲着门，有些生气地说。

林默看了看手机，周六，上午9点。

她不用去学校，想必爸妈会盯着她，阻止她去做兼职。

一瞬间，刚起床的林默已经忘记了她昨晚登录的那个诡异的租赁网站。

直到妈妈问了一句："要不是快递来了，你是不是还打算接着睡？WJZL是什么？"

WJZL，林默在心里默念了一遍。

啊，味觉租赁，她想起昨晚干的傻事了。

她急忙跑下床去开门，抢过妈妈手中的快递盒，就立马关上门。

她的心怦怦直跳，不顾妈妈在门外唠叨，拆开了快递。

巴掌大的纸盒里，装着一个金属盒子，盒面上刻着编码1567290，盒子里装着一张类似超薄芯片的金属制品，还有一张说明书：

味觉传输器，消毒后放至口腔内舌根处，根据选定时段，每24小时生效一次，可循环使用……

林默用医用酒精将眼前芯片似的传输器消过毒，然后把它放在舌头上，传输器像是感应到了什么，在林默的口腔里变软，根据舌头的弧度自行调整，向下贴合，并扣锁住了舌缘。

要说有什么特殊的感觉，就是有点酥麻的感觉，像是有一阵极其微弱的电流通过舌头。除此之外，没有任何不适，吃饭、喝水、午睡，都与平时别无二致。

林默慌张了一整天，时而把传输器拿下来瞧瞧，时而又放回舌根。在确定了不到半夜12点不会起作用后，她便静下心来等待着变化发生。

深夜，11点55分，林默躺在床上昏昏欲睡。她眼看着时间跳到0点，并没有什么特别的事情发生。她拿起床头柜上的薯片试验性地吃起来，没有味道，她又吃了巧克力，还是没有味道。

看来这个传输器真的在运作。

既然戴上传输器在选定的时段内能把味觉租出去，那把它摘下来，她的味觉应该就会回来。

林默像之前一样去拿传输器,却发现它紧紧地吸附在舌根上,原本微弱的电流强烈了一些,从根部通往两侧以及舌尖,像是有一张密集的电网,控制了所有的味蕾。她查看说明书,才知道在租赁期间,传输器会自动锁死无法拆卸,以便剥离味觉。

林默舌头麻痹肿胀,却毫无办法。她睁着眼,凝视天花板上一块晕开的水渍,等待时间慢慢流逝。

她在天亮前睡着,起床时,已是午后2点,爸妈不知道去哪儿了。她取下传输器,去卫生间里观察起自己的舌头。舌头表面淡红微润,活动自如,仿佛什么都没发生过一般。

然而,她的手机传出一声金币掉落的脆响,到账的550元提醒着她昨晚发生的一切并不是一场梦。

4

林默突然富裕了起来,或者说是"一夜暴富",同班同学觉得她跟变了一个人似的,不仅每天准时来上课,还老爱请客。

例如,中午去食堂吃饭,一起吃饭的同学忘带饭卡,借了林默的饭卡刷完,想要用手机转钱给她。林默却大方地说:"不用了,我请你吧。"

好友拉拉怀疑她借了网贷,旁敲侧击让她别做傻事。

林默翻了个白眼:"我又不傻。"

"那你怎么突然这么有钱,又心事重重的样子。"

"没什么,我只是找到了一份薪水不错的兼职……心事也谈不上,就是最近胃口有点差。"

林默没有说谎,自那次出租自己的味觉之后,她成为一名味觉出租者,已有一个多月了,她每天都将自己的味觉挂在网站上进行租赁。0点到上午8点,正是她的睡眠时间,所以即便失去味觉也不影响她的日常生活。

她只要在租赁网站上架自己的舌头，睡觉时戴上传输器，550元就能到手。而她赚来的大部分钱都送去给朱爷爷维持治疗了。

除此之外，她也留下了一小部分用来改善伙食，因为她最近胃口不太好。昨天，喝了妈妈做的鱼头汤后，她一点不剩地全都吐了出来。

她不明白，鱼头就是常用的包头鱼鱼头，豆腐也是吃惯了的老豆腐。她在厨房帮着打下手，看着妈妈先用油锅炒姜、蒜、八角、花椒，再煎鱼头，加水，烧开后放豆腐，加料酒和醋，炖到汤色发白，最后撒上香菜。

明明所有的食材和流程都没有差错，但她只喝了一口汤就被腥到呕吐，像是站在菜市场的鱼摊前，刚被切下的鱼头还瞪着眼，条件反射地翕张着双唇，就被血淋淋地塞进了她嘴里。

回忆起马桶里的呕吐物，她戳着餐盘里没扒拉几口的饭菜，停下了筷子。

拉拉自然地夹走林默餐盘里的糖醋里脊，问道："是不是失恋的缘故啊？"

林默忍不住想翻白眼："您可真会戳人痛处！"

"哎呀，别生气嘛。我给你介绍对象，我表哥的朋友，人超帅，家境也好，为人靠谱，比你那个冷暴力前任好多了。"

5

林默倒不是真的想谈恋爱，只是一直食欲不振，让她有些糟心。如果真的像拉拉说的是失恋所致，不如试试用新的恋情来振奋自己的食欲。

据说地点是拉拉选的，不愧是林默的好朋友，一上来就给她约了创意怀石料理。

林默看着菜单两眼发黑，光一顿饭就顶得上她好几个晚上的收入了。

她不确定自己吃到刺身会不会当场呕吐。她把菜单递给对面的男生，如果是对方选的菜，自己没有吃下去，还不至于那么失礼。

男生问过林默有无忌口后，娴熟地点了两份相同的套餐，属于菜单上三个套餐里的中档价位。

一份套餐里共有十一道菜品——红豆玉子烧、宫崎泽蟹、贺茂芜菁蒸、甘鲷真丈、鳕鱼白子、银鳕幽庵烧、松叶蟹三味、和牛石烧、松茸炊饭、芒果冰、果物抹茶。

器皿和摆盘极其讲求精致，食材用的都是高级货。

男生给林默介绍着怀石料理的由来，林默却一个字都没听进去。她的注意力全在眼前的菜品上，如果说第一道餐前甜品的容易入口只是让她有点意外，那么等她吃到第八道和牛时，就感动得几乎要流泪了。牛肉入口即化，而油脂和红肉的浓香还久久停留在唇齿之间，挥之不去。

男生不懂好胃口对于林默来说意味着什么，他只是惊讶地看着眼前瘦弱的女生埋头于食物之中，她甚至还没正眼瞧过自己。

牵线当然是没牵成。拉拉打听来的说法是性格不合适。林默撇撇嘴，对被拒绝的理由心知肚明，好歹她还付了自己的那份饭钱，对方居然连消息都不回她了。不过，幸好她的食欲因此得到了救治。

她明白了，她的味觉变得比以前更加灵敏，像海鲜之类的食材，只要有一点点不新鲜，她就能够尝出来，所以很多菜都会让她产生无法下咽的感觉，而新鲜的高级食材依旧能够打开她的胃口。

掌握了自身变化原因的林默开始出入高档餐厅，从怀石料理向下探索着她能够进食的最下限的餐厅。

在这个过程中，她发现均价高的餐厅也不一定会比均价低的餐厅使用更好的食材，比如一家人均消费 500 元左右的牛排店，就比另一家人均 800 元的牛排店用的食材更新鲜。

但这是行业个例，大部分情况下，价格都能够跟品质画上等号。

于是，林默忘了朱爷爷，将自己出租味觉赚到的钱大部分花在了吃上，她小心翼翼地探索着自己的生存空间，回过神来时，这个空间已经慢慢向着最昂贵的餐厅收缩。

6

一个月后,林默去吃米其林二星法餐的晚上,收到了租赁者的续约请求,然而租赁费用却下降了不少。

原本8小时550元的租金,被降到了8小时50元。

林默不知对方是脑子坏掉了,还是单纯的贪心不足,她拒绝了不合理的报价,并在主页重新上架她的舌头。

她留在平台上的信息还是跟过去一样:

出租人:l567290

年龄:21岁

特点:味觉灵敏、口味偏甜、偏清淡

经常吃的十样食物:米饭、面条、小笼包……

很快有人以550元的正常价格租下了她的舌头。

然而第二天醒来,林默并没有收到应得的酬劳。她登入味觉租赁网站,发现账号以"诈骗"的名义被锁住了。虽然还能浏览页面,却无法再发布上架的公告。

这是怎么回事?

她咨询客服,客服跟机器人似的,只会不断重复着"描述与实物不符"。

无奈之下,她私信了向她长期承租味觉的那个老顾客。

对方回了她一句:"你的舌头用多了,不值钱了。"

林默想到了煲机原理。耳机发烧友拿到新的耳机往往会选择先煲耳机。煲耳机,实际上就是让耳机的机械结构加速老化的过程,由于新的耳机振膜初始状态都比较紧,声音方面没有进入最佳状态,而通过反复播放频响范围宽广的音乐,帮助耳机迅速度过老化调整期,就能提升耳机各个频域的音效，使得高频乐声更加亮丽，中频人声更加清晰，低频氛围感更加浓厚。

耳机的性能提升之后，所播放音源的优缺点就会被显著放大。

林默的舌头大概也是这样，在短时间内尝过大量的食材，懂得了其中的优劣，便对食物细微的缺点都无法忍受。

简单地说，她的舌头被养刁了。

对于味觉租赁网站上的承租人来讲，租一条被养刁的舌头会大大增加其生活成本，所以林默的舌头才失去了市场。

失去了资金来源，林默无法承担舌头带来的食欲问题，无法进食带来的焦虑和疲惫迫使她选择了性价比较高的解决方法——在租赁网站上租别人的味觉。

7

像最初出租味觉一样，承租味觉需要切换版面，重新注册承租者的专属账号。

统一的卡通嘴巴头像下，标明了林默对舌头的偏好：年轻的，普通的，没有被重盐重辣破坏味蕾的。

那些待价而沽的舌头在屏幕里扭动着，吸引顾客的注意，林默选择了一个刚注册的新用户，给他发去私信：

每天 8 小时，550 元人民币，时间：一个月。

550 元是味觉租赁平台上的正常市场价，低于这个价格很可能收不到想要的舌头，高于 550 元又不划算。

编号为 1671105 的用户很快接受了林默的出价。

对方选择的出租时段是午夜 0 点到早上 8 点，这意味着林默只能在这个时段进食。

在一一确认各项信息和守则之后，林默进入了费用结算页面，她这才知道，承租者需要向租赁平台支付 5% 的手续费。

林默在下单后的第二天早上，收到了味觉租赁平台寄来的味觉接收器。按照说明书所述，使用者在接收器生效的时段会接收到出租者的味觉，并且覆盖自身的味觉。它的大小、外形与传输器一模一样，上面刻着 t638245 的编号。

577.5 元换来了 8 个小时的饱腹。

林默像四个月前的她一样，正常地吃着白天留下来的米饭或者面条，她也会在半夜里溜出去吃炸鸡和烧烤。

她感受着朴素的食材带来的简单快乐，但心底还是隐隐有一股想要去吃蓝鳍金枪鱼脑肉、撒盐之花的鹅肝、布雷斯膀胱鸡的冲动。

她不是总能克制食欲，有时半夜躲在厨房里偷偷加热饭菜。如果她对高级食材的"食瘾"发作，第二天就会去昂贵的餐厅打包食物藏在家里，为凌晨的进食做准备。

更令她不安的是，在支付了五次租金之后，平台向承租者收取的手续费提升至租金的 10%。

如果说 605 元换取 8 小时的进食时间还在可以接受的范围内，之后 15%、20%、25% 甚至 50% 的手续费就是在一点一点地榨干她的积蓄。

这才是味觉租赁平台营利的关键：向味觉出租者们免费提供平台服务，当他们的舌头被无法克制食欲的老饕们多次使用后，味蕾被迅速开发，出租者总有一天也会被口腹之欲奴役，变成味觉租赁平台上的承租者，租用新用户健康的舌头，并向平台上缴持续增加的手续费，直至新用户沦为下一棵摇钱树。

8

看穿了味觉租赁平台的陷阱之后，林默下决心靠自己的力量摆脱现状。

失去了平台上购买来的味觉，她开始吃什么吐什么，肉眼可见地消瘦下去。妈妈带她去医院看过，医生说她是厌食症，给她做了营养重建、心理治疗、药物治疗，统统不见效。

最后，她只能靠输营养液维持生命。

每次护士一给她手上的留置针接上输液器，林默就推着点滴架往住院部走，去看望她在医院里重逢的朱爷爷。

他得的是食道癌。林默在网上查过食道癌的病症，这种病的早期症状是难以咽下干硬的食物，然后是半流质食物，最后连水和唾液也咽不下去。

多么折磨人的病啊，朱爷爷还总是强打起精神跟病房里的病友说说笑笑，相互鼓励。

林默刚到走廊的时候，就碰见朱爷爷的主治医生跟爷爷在小声说话。

他说："癌症晚期，没有办法了，病人在医院里也是受折磨，接回家去准备准备吧。"

林默不知道面对死亡，该怎么做准备。

爷爷似乎比她更加无措，等医生离去之后，就在走廊的长椅上呆呆地坐着。这段时间，是爷爷和奶奶轮流照看朱爷爷的，病房里没有多余的床位，他们就买了张靠椅摆在朱爷爷的床边，陪他说说话，检查输液情况，搀着他去上厕所。

眼前的爷爷憔悴了不少，平时十分注重仪表的他现在却胡子拉碴的。

朱爷爷出院的那天，天气很好。林默和爷爷拿着行李跟在朱爷爷身后。朱爷爷因为重获自由而倍感兴奋，平时孱弱的老人如今像回光返照似的，精神矍铄。

一路上，朱爷爷一直在问林默，怎么这么瘦，是不是挑食。

林默没有说话，她推着点滴架去探望他的时候，总拿流感当借口。

朱爷爷还兴致勃勃地说晚上要给她做蟹粉小笼包。

于是，他们打车去了菜市场，挑了两只大螃蟹，买了一斤猪肉、一袋面粉，才打道回府。朱爷爷的家里由于长期无人居住，带着一股冷清的霉味儿，但很快这股霉味儿就被厨房传出的烟火气驱散。

爷爷先回家歇息，林默留在厨房给朱爷爷打下手。从和面粉、擀面皮开始,煮螃蟹,拆蟹肉,剁猪肉,做肉馅……热腾腾的小笼包出炉了。

9

在朱爷爷期待的眼神下,林默囫囵吞枣般咽下了几个冒着热气的小笼包,在汤汁灼烫食道的同时,味蕾不断接受着刺鼻醋酸、腐肉膻腥和面粉霉味的攻击。

林默装出爱吃的模样,夹起第四个小笼包时,却一股脑儿把前边吃的都吐了出来。

她一边解释说是自己肠胃不好,最近老是容易犯恶心,一边俯身去打扫。

朱爷爷蹲下来,跟正在抹地板的林默说:"你是当味觉出租者了吧。"

林默继续擦着地板,心里却无比震惊,没想到朱爷爷竟然也知道味觉租赁的事儿。见她不说话,朱爷爷继续说道:"你应该听说了吧,我老伴儿跑了。我不怪她,她被网上的人骗了,把舌头卖了,后来她的舌头被人养刁了,什么东西也吃不下。我说要把舌头换给她。她不肯,还留下一封信,说她走了,去找一个能养得起她舌头的人。可我知道,她只不过是不忍心看我失去舌头罢了。"

"你比我更需要它。"林默抬起头,朱爷爷指了指自己的舌头,这样说道。

"原来你早就知道了……"林默感慨。

"我虽然病了,但耳朵不聋,听得出你声音沙哑;我眼睛没坏,看得出你瘦得不正常,而且你挂的点滴袋,我见过,我在医院里也用过这种东西。"

"爱你的人用离开的方式守护着你的味觉,我又怎么忍心把它夺走呢?"

朱爷爷又指了指脑袋:"我不做生意的这些年,就好个吃,就喜欢琢磨吃食,自己捣鼓着做菜。喜欢吃的菜,我不仅自己做给自己吃,还做给别人吃,所有的味道都印刻在了记忆里,是不会消失的。可惜我生了这个病,吃不了什么东西,生生把一根好舌头浪费了。我看到你们陪在我身边,虽然高兴,但也知道老林两口子那么照顾我,是我拖累他们了,把味觉给你,算是我对他们的报答吧。"

朱爷爷慈爱的眼神里透露着不容拒绝的坚定。

那一天，林默教会了朱爷爷用手机上网。他在味觉租赁平台上注册了账号，寄来的味觉传输器上镌刻着他的专属编码，1980757。

林默找到他，发去私信：

一天 24 小时，0 元，时间：永久。

手机页面上跳出"同意"或"拒绝"的选项。

面对买来已久却没摸过几次的智能手机，朱爷爷比走进考场的学生还要紧张，他小心翼翼地点下"同意"的按键。

事先放置在舌根处的传输器锁住了他的舌体，朱爷爷觉得很神奇，他像孩子一般得意地向林默吐舌头，炫耀着他成功体验到的高新技术。

他开心地说："我总算比老林先进了。"

仪器启动的那个瞬间，林默感觉自己的舌头像重新活过来了一样。兜兜转转之后，事情仿佛回到了一切的起点。

唯一不同的是，她隐约感觉，自己的舌根上，有着绵长的人生百味。

面试官：Sybil

今夜，我将成为你的噩梦

奇葩职人档案 编号008

梦魇制造员

✘

噩梦，是每个生命不断前行的必需品。

工 作 内 容

1. 定制噩梦剧本

熟悉目标，针对目标不同恐惧特性，定制专属噩梦剧本；

2. 操控噩梦枪

接近入睡的目标，利用噩梦枪将情节编码输入目标海马体，直至其被吓醒。

P.s. 成功让1000人经历噩梦，则拥有转岗或辞职权利，单次任务失败，累积人数清零。

非正常职业研究中心

个 人 信 息

孟也
男　重生人
梦魇制造公司的王牌编剧

备 注 说 明

社会失格人士的回收再利用。

1

跑。

用尽全力去跑。

不能停,连放慢脚步都不行,因为怪兽的嘶吼声就在身后回荡。

那怪兽体形虽然不大,但全身布满宛如电脑键盘按键的疙瘩,十几只眼睛如孢子般挤在鼻翼上方,这般怪相无疑将一个密集恐惧症患者推向恐惧的巅峰。

这条坑坑洼洼的路上没有其他岔道,我冲到尽头,在深不见底的断崖前停下了脚步。

断崖下方隐隐传来奇怪的吼声,面前的怪兽慢慢靠近,它扭动着身躯,红色的口水从嘴角滴下。

红色是我最讨厌的颜色。

我一步步后退,直到脚跟悬在悬崖外。

跳,还是不跳?我尚在犹疑,怪兽却猛地张嘴,暗黄色的獠牙咬住了我的手臂,似乎要将我整个儿吞下。

"啊!"我喊叫着睁开眼,四周熟悉的景象将我拉回现实。

原来是一场噩梦。

不过,比噩梦更可怕的是醒来后身体无法动弹,我努力扭动身躯仍动弹不得,只能在冷汗和胸闷中重新闭上双眼。

更强烈的恐惧感如海浪般袭来——我现在到底是睡着了还是醒着?

2

"算上这位有密集恐惧症的程序员,"瘦子接过我递上的透明圆瓶,"你已经让多少人经历梦魇了?"

"报告主管,"我别开视线,"这是第 999 个。"

瘦子晃了晃圆瓶，心不在焉地夸赞："很厉害嘛。"

"不敢。"我点头，试探着开口，"主管，我记得进来的第一天您说过，只要……"

"我知道，我知道，"瘦子连连点头，"按照咱们'梦魇制造公司'的规定，只要成功让1000个人经历梦魇，并收集每个人因惊吓而产生的怨气，就能拥有转岗或者辞职的权利，你现在只差一个名额就达标了。努力，奋斗！"

"但是！"见瘦子准备离开，我赶紧挡在他身前，"我已经很久没任务了！现在一有新任务，您不是分配给您家亲戚，就是只让我编脚本，然后派别人外出执行。这样下去，我永远也不可能达到1000人的目标！"

瘦子扶了扶眼镜，脸上浮现出职业化的假笑："你可是咱们公司的骄傲，你要走了，其他同事怎么想？"

我低下头："这次能不能放我过？您知道的，我等辞职已经很久了。"

"如果还不能辞职，我可不敢保证自己有没有耐心继续制造梦魇，"见他没有说话，我狠下心来补充，"您清楚的，我可以写出最恐怖的噩梦剧本，也能去破坏其他人的。"

"没有集体意识！"瘦子连连摇头。

不过最后他还是不情愿地松口："好吧，你执行完最后一次任务，我就放行！"

"当然，目标由我来定。"未等我欢呼，瘦子又低声补充了一句。

3

我叫孟也，加入"梦魇制造公司"前，是一名心怀梦想但郁郁不得志的编剧。

编剧这职业看似自由，实际压力很大，改稿是常态，更别说大部分改稿理由都荒诞又无聊。好几次为了保住最后的尊严，我不惜爬上楼顶以死相逼。

通常这样一闹，所有难题都能搞定。可当我以为自己拥有主角光环，即将为剧本事业奋斗终生时,我居然"死"了。

那段时间,我正在为一部新戏写剧本,导演是业内新贵王怡婷。我的剧本经她第一次过目后,就开始了无止境的修改之旅。

抛开多如牛毛的修改意见,王怡婷对时限也卡得很紧。以至于那段时间,我不是在开会,就是在开会的路上;不是在修改,就是在等待修改意见的漫长煎熬里蹉跎。

眼见头顶越来越秃,剧本也被改得面目全非,我决定再来一次"跳楼逼宫"。

我站到王怡婷的公司楼顶,以"话语权"为筹码跟一旁劝慰的人群谈条件。

其间我好几次将双腿横到楼外,望着围观者惊恐地大呼小叫,心里慢慢有了得偿所愿的快感。就在这时,一直沉默的王怡婷发话了。

"回去吧各位,这地球少了谁都照转。"

在她的劝说下,围观人群逐渐散去。

这一变化让我始料未及,难道从未失手的狠招,今天就要败在这个女人手下?

"我跳了啊!"我将身体往楼外挪了挪。

"请。"王怡婷满不在乎地挥手。

"我真跳了!"我提高嗓门,继续挪动身体。

突然,一阵失重感传来,我的视线开始翻转,楼顶离我越来越远,意识很快被黑暗吞噬。视线中最后的画面,是王怡婷探出楼顶的脸,她尖叫、伸手,却无能为力。

等我再次睁开眼,就发现自己坐在一间巨大的房间中央,四周一片漆黑,什么都看不见。

"别看了,这里什么都没有。"突如其来的说话声吓了我一跳。

我挣扎着想要站起身,却发现无论怎么用力,身体都被金属镣铐锁死在椅子上,无法动弹。

"别做无用功,我不开锁,你永远起不来。"一个戴黑框眼镜的瘦子出现在正前方,他抱着手臂,饶有兴趣地看着我。

"你是谁?这又是哪儿?"我咬着牙发问。

瘦子推了推眼镜,用戏谑的语气说:"这里是'梦魇制造公司'的新员工入职室。而我,是公司梦魇制造部的主管。"

"至于你,"迎着我困惑的目光,他举起一张类似通行证的卡片,"从今天起,就正式成为咱们公司的'梦魇制造员'!"

4

第一次听主管说话,但凡精神正常的人都会感到奇怪。

我是在那之后才知道,自己坠地前被一张气垫网救下,紧接着,失去意识的我被送到"梦魇制造公司"。这是一家由政府资助,却从不对外公开的秘密企业,地处星河区边缘的一栋破旧大楼里。大楼明明看起来像烂尾许久的城市垃圾,却能一直屹立不倒。

公司内部除开管理层,普通职员皆为因各种缘由想要告别人世却未能如愿的"重生人"。大家被强行带到公司,分配至各个部门服役,期间 24 小时随时待命,没有假期,也不能辞职,直到完成相应绩效后才有重新选择的机会,要么通过考核转为管理岗,要么辞职开始新生活。

"莫非这里是当代'地狱'?"当时听完主管的解释,我冷笑着揶揄。

"别搞封建迷信!"主管冷哼一声,"咱们可是服务型企业,既然你已经选择放弃自己的人生,那回收再利用,回馈社会也不过分吧!"

"我可没让你们救我。"

"这是你的命!"主管很喜欢用坚定的语气喊口号,好像这样就能让他人无法拒绝。

"可为什么把我派到这个'梦魇制造部'?"我索性也放弃了争辩,转而质疑起工作分配。

"都是公司高层根据每个人的特长来安排的。"主管不耐烦地解释,"你别想偷奸耍滑,也别想攀关系走后门,以后踏踏实实工作,总会出头的,我看好你!"

自那以后,我失去了自由。除了外出执行公务以外,其余时间都必须待在公司,我之所以没逃跑,是因为主管给我的手上戴了监视仪。那是个类似腕表的装置,可以即时定位,检测我身体数据的变化并传回公司总机,而一旦被总机判断出有逃跑倾向,按照主管的说法,监视仪将立刻发出报警提示,若不遵守,十秒钟内还会发出强烈电击。

"你也不想在公共场所突然倒下吧,多丢人!"主管的瘦脸上浮现油腻的坏笑,"另外也别打监视仪的主意,它防水防压防火,且不可拆除,除非有我授权或者切断手腕,否则它会一直跟着你。"

我无法忍受断手之痛,只能怀着一百万个不情愿,开始这份荒诞的工作。

不过一段时间以后,我不仅得到了配套完善的单人公寓,还有了发薪账户以及各种福利,虽然公寓就在公司,日常完全没有花钱渠道,但看到账户里不断累积的数字,我还是收拾好心情,安心做事。

梦魇制造员的主要职责是针对不同目标定制噩梦剧本,然后接近目标,在其入睡后通过一种名为噩梦枪的工具,匹配对方脑电波,将载有情节的噩梦编码输入目标海马体,直到其被噩梦吓醒,任务才算完成。

按照主管的说法,我们的噩梦与楼下美梦公司制造的美梦,都是生命的必需品,所以,梦魇制造员是不可或缺的岗位。

不过画这些大饼对我来说没有用,我依旧在转岗与辞职之间坚定地选择后者。

我本是意外坠楼,既然没死成,就该继续享受生命。并且,我对王怡婷的怨气一直没消,如果不是她,我也不会落到如今这步田地。报复她,是支撑我活下去的一大信念。

有了重回社会的理由,我为什么还要留在这种诡异的地方?

我疯了般努力工作,短短一年就成为"梦魇制造公司"最耀眼的员工,编剧背景让我做起事来得心应手，百分之百成功率更成为我的招牌。而这时，我也终于明白了主管那句"根据每个人的特长来安排"的真正含义。

5

没几天，主管传来最新的任务信息。

点开邮件后我愣住了，目标正是害我坠楼的王怡婷。

邮件还未读完，我就已经在脑海中构想出好几套方案。

我第一时间去调度部门申请了外出资格，理由是寻找素材。虽然我和王怡婷共事过，但对她的生活细节并不了解。

缺少素材，就无法构建出直抵人心的噩梦，这也是其他"梦魇制造员"时常无法让目标惊醒的重要原因。

实际上，只需在定制噩梦前做好详细调查，就能轻松突破瓶颈。

拿上次的任务举例：程序员都讨厌截止日期、压力这类负能量词汇，所以追击戏对绝大多数程序员管用。另外，我让怪物身上布满不规则的键盘按键，将怪物的口水颜色设定为与报错代码同款的亮红色。

事实再次证明了我的理论，那晚我一个人收集到的怨气，比其他所有人加起来都多。

一拿到调度部门签发的通行证，我就马不停蹄地离开了公司，按照定位办公室传送的实时地图，赶到了王怡婷的所在之处。

据传公司对外散布了无数蚊虫状微型摄像头，它们分布在星河区各个角落，因此只要打开特定软件，我就能从不同角度看见王怡婷的一举一动。

此时她走进办公室，拿上一堆文件去了会议室。会议室里的人有些眼熟，定睛一看，全是我之前担任编剧的那部电影的主创。

从我意外坠楼那天起，电影拍摄计划就被搁置，现在一年过去了，没想到这帮人竟然又商量起复拍的事。

熬到会议结束，我又目送王怡婷来到另一间会客室。

在这里等待她的是电影投资人、出品人等甲方大佬,所有人面色阴沉,一看就没好事。

"王怡婷,你知不知道项目搁置这么久再重启,潜在的风险有多大?"

"放心,我已经联系好工作团队,很快项目就能启动。"王怡婷不卑不亢地回答。

"我说的不是这些,你知道现在网上怎么评价这次复拍吗?都在说我们吃一年前坠楼失踪的编剧的人血馒头!这些恶评往小了说会影响票房,让投资打水漂,往大了说连带公司股价也会大幅缩水!这些责任你担得起吗?"

虽然这摊破事儿与我无关,但我也听得直冒冷汗。没想到王怡婷面不改色,兵来将挡水来土掩,将所有刁难一一化解。

"总之请老板们放心,真金不怕火炼,只要质量过硬,观众一定买账。到时候,我担保各位能赚得盆满钵满。"

打发走甲方,王怡婷迈着自信的步伐往办公室走去。一路上她微笑着向路过的同事致意,等进了办公室,她立刻关上门,拉紧窗帘,整个人陷进了沙发里。

我正发愁室内缺少光线,看不太清,却注意到她垂下头,将脸庞深埋进双手里。

隔着屏幕,我清楚地听到了轻微的抽泣声。

6

不知不觉,我已经通过"蚊虫摄像头"与王怡婷共同生活了四天。

这四天里,我深入了解到王怡婷生活的方方面面,内心竟对她泛起一丝同情。若要深究这感觉的来源,就必须说到王怡婷真实的那一面。

人前,她是无懈可击的"女魔头",所有难题都能想到办法解决。

但每到无人时,脆弱和伤感会无情地吞噬她。尤其当她回家,总要蜷缩在浴缸里哭很久。

如果说在工作中她是能力出众又获誉无数的导演，那么在生活中她只是个命运不济的可怜虫。

自小父母双亡的她在孤儿院长大，后来凭自己努力考入电影学院，一路打拼到了现在的地位。恋爱长跑后，和相爱的摄影师结婚，老公却在两年前因为意外事故丧拍摄现场；好不容易有了独立掌镜的机会，却因为我坠楼后离奇失踪而不得不中断。

很多时候我都会心疼，可冷静下来一想，身为公司最优秀的梦魇制造员，我怎么能对自己的目标心软，尤其她还是害我坠楼的元凶。

必须丢掉无用的同情心，圆满完成任务后，去拥抱新生活——我不断告诫自己。

7

"进展如何？"电话那头是主管漫不经心的声音。

"您放心，最后的任务我一定完成得漂漂亮亮！"回程路上，我的声音充满自信，"感谢您将仇人送到我手上。"

"仇人不仇人与我无关，"听起来主管并不开心，"我本来是挑选了最难搞的对象，但上层认为她更适合你，所以就便宜你小子了。"

"您承诺过，只要完成最后一次任务，我就能辞职。"主管的情绪完全不在我的考虑范围内。

"你的离开将是公司的一大损失，"主管长叹一声，"但我不会食言，放手去干吧！不过我要提醒一句。按照公司规定，如果任务失败，你目前累积的人数也会清零，到时候只能从头开始。"不等我欢呼，主管又当头浇了盆冷水。

回到单人公寓，我将主管的冷嘲热讽抛在脑后，让素材充斥了整个大脑。

经过这几天的观察，我越发觉得不看表面，王怡婷完全就是女版的我。

喜欢经典电影，喜欢老音乐，喜欢抓住生活中各种闪光点，没有当代都市人的怪癖与毛病，表面看似圆滑，但对创作却毫不妥协，为了理想不吝付出，同时又害怕失去。

这样的人理应和我成为好友，为什么第一次合作却糟糕透顶？

具体原因我也没时间再深究，现在一心只想让任务尽早结束。

想利用噩梦吓住她，就必须将我的恐惧情绪也代入。回顾自己的前半生，真正让我感到害怕的，是本属于我的东西突然消失。

受此启发，王怡婷的专属噩梦剧本很快出炉——

你喜欢的放映机、黑胶唱片、老电影，会渐次消失。

你的父母和亡夫在远处出现，你狂奔向他们却无法缩短与他们的距离。

噩梦的最后，你站在一无所有的旷野，眼睁睁地看着周围的一切崩塌。

这便是我，一位苦大仇深的编剧送上的大礼。

我将完成的噩梦剧本上交，经过层层审批通过，任务时间也随之确定。

三天后，我绝对会让王怡婷体验到真正的恐惧。

8

"你失败了？"隔着电话，我第一次听到主管的怒吼。

"您去翻公司条款，"我揉了揉胀痛的太阳穴，"没有一条说这种情况算是失败！"

"的确没有……"主管的声音弱了下去，但很快又提起来，"但是任务也没成功，再给你三天时间，只要不成功就算失败！"

撂下这句话，主管没头没脑地挂断电话。

老实说，没让王怡婷经历梦魇，我比任何人都着急。收集不到怨气倒是其次，最关键的，是我还得待在公司。

但没办法，王怡婷因为失眠整夜无法入睡，不进入睡眠就不能做梦。

我又开始调查起王怡婷失眠的原因。

我再次来到她的办公室楼下，通过蚊虫摄像头，我得知了一个让人惊讶

129

的消息。

电影项目泡汤了。

王怡婷想尽办法，也无法扭转乾坤。现在她不再是无懈可击的"女魔头"，满脸的悲伤和无助已无法隐藏。

透过屏幕望着那张日渐憔悴的脸，我不禁好奇她为什么对这部电影有着病态的执着。

第三天深夜，我来到王怡婷家楼下。她正蜷缩在书房的角落，怀抱剧本，脸上残留着未干的泪痕。

"这是你最后的作品，我本以为自己有能力让它与观众见面。"不知过了多久，我听到了一阵沙哑的声音，我愣了几秒，才反应过来她是在自言自语。

"以前你因为创作问题和资方产生矛盾时，不惜用跳楼来威胁，那时我就想，这傻子外表一团和气，没想到也是个不肯妥协的主儿。"

说话间，王怡婷突然正对镜头，不过我相信她什么都看不出来。

"于是我私下出力帮你摆平麻烦，想来你一定认为都是靠自己假装跳楼才成功的吧，所以这也成为你常用的手段，我担心，未来有天你会不会真跳下去？

"但很快我们有了合作机会。"说到这里，两行眼泪又出现在她的脸颊，"这部电影我投入了全部心血，也许是我俩太过相似，彼此秉持各自的理念，互不相让，完全没擦出火花。

"所以那天你坐在楼顶，我依旧是想着尽力去说服你，我赌你不会跳，没想到……"王怡婷的眼泪滴到剧本封面，我伸出手，才意识到自己和她隔着一道屏幕。

"我真的累了……或许，一切就是个虚妄的梦吧。"王怡婷站起身，她擦干眼泪，转身将剧本塞进抽屉里。

"希望未来还有机会完成，如果……还有未来的话。"

离开书房前，她又朝镜头看了一眼。她，真的什么都看不出来吗？

9

"还要延期？你可别太过分了！"主管的耐心似乎已被消耗殆尽。

"目标的身体和精神状况非常糟糕，"我看了眼手里的调查报告，"贸然执行任务，她很可能在梦魇中猝死。"

"猝死和你有什么关系？公司条款可没说不能让目标死亡。"

一时间我不知该如何回答。

"我不管你还有什么理由，立刻执行任务，没得商量！"主管吼叫着挂了电话。

躺在床上的王怡婷刚刚发出轻微的鼾声，现在是执行梦魇任务的最好时机。

噩梦枪就在手中，只要对准她卧室所在的位置扣下扳机，无论她最后是死是活，都会做一场最恐怖的梦，而我的最后一单任务也将圆满完成，落下帷幕。

但真的要这么做吗？

我彷徨无措，手指却不自觉地动起来。

10

"再见！"梦魇制造公司门口，迎面走来的主管主动伸出手。

我手忙脚乱地将所有物品归置到一只手上，腾出来的手紧紧握住他的手。

"这么长时间受您照顾，万分感谢。"虽然言不由衷，但基本礼仪还是要讲。

"未来有什么打算？"松开手后，主管抢在我之前开口问道。

"未来？"我眨眨眼，"当然是和您竞争啦！"

"翅膀硬了啊，"主管指着我，又露出那抹油腻的坏笑，"明明马上就能离开公司，开始新生活，居然会做出这种荒唐事，你这样的'重生人'……

我看不透。"

我也笑了笑，思绪回到任务执行当晚——

我思虑再三，还是扣下了扳机。

"偷偷编写美梦剧本不说，居然还用噩梦枪来发射。"主管的坏笑变成大笑，语气听起来没有半点怒意，"你小子，真是咱们公司成立以来，独一份儿的怪咖！"

是的，我扣下扳机，将为王怡婷定制的美梦输入她的海马体。

那场梦里，她中意的东西全都围绕在身旁，所爱的人在身边永不分离，那部被她视作理想的电影如期完成，成为叫好又叫座儿的传世经典。

这就是我，一个梦魇制造员唯一能为她做的事。

任务最后以失败告终，按照规定，累积人数全部清零，也就是说，我必须重新让1000人经历梦魇，才有资格做选择。

"你不后悔吗？"笑过之后，主管突然沉下脸。

"当然不，"我的声音无比坚定，"因为那才是我想做的。"

与处罚同时下来的，还有调令。原来，同一栋大楼里的"美梦制造公司"在得知我的事迹后特意找上门来，想要将我挖过去。

"那边收入和福利可没有这边好哦，"人力资源部的工作人员耐心地向我解释，"你能接受吗？"

"我能。"我毫不犹豫地应承下来。

想想已经重整旗鼓的王怡婷，做出这个决定不过是顺水推舟。

"不仅如此，接受很可能意味着永远干下去，美梦那边没有绩效的说法，除了转管理岗，几乎没有其他离开的渠道，你想好了吗？"对方追问道。

"我确定。"虽然辞职后的新生活也很好，但我发现，自己更享受为他人编织美梦的愉悦，此外，好像什么都不重要了。

"还有件事我想请教一下。"我突然想起一直盘旋在脑海的问题，赶紧说出口。

"但说无妨。"

"您为什么说噩梦和美梦是生命的必需品?"

"你不会以为噩梦只能吓人,美梦只能安神吧?"主管眉毛一扬,语气完全变了,"大错特错!拿咱们的噩梦来说,当你身处恐怖的场景,想要逃离却动弹不得,甚至连睁眼都是奢望,接下来你会怎样?"

"会怎么办?"

"你不能逃避,也无法取巧,只能硬着头皮面对。"这一瞬间,主管眼神飘远,仿若传说中周身发光的智者,"唯有不断面对恐惧,才有勇气与之战斗。"

"而这正是噩梦带给人类的真正意义,也是每个生命不断前行的必需品。"

"至于美梦背后的意义,得靠你自己去体会。"见我沉默不语,主管挥挥手,转身进了办公区,"好了,赶紧去报道吧。"

我挥挥手,头也不回地离开了。

窗外,一道微光穿透乌云,洒在贫瘠荒凉的土地上。

面试官:会跳舞的熊

大 扫 除 ， 是 分 手 的 第 一 步

奇葩职人档案 编号009

爱情保洁师

传统保洁负责打扫房间，而她们负责打扫爱情。

工 作 内 容

1. 基础保洁
发挥扫除基本功，让客户房间一尘不染；

2. 前任保洁
清除客户与其前任的所有联系，让客户步入崭新生活；

3. 特殊保洁
根据客户具体需求进行工作，切忌留下任何工作痕迹。

个 人 信 息

陈保洁师
女　爱情保洁公司员工
善于处理出轨业务

备 注 说 明

接受客户的委托却不能参与他们的人生，这并不是件容易事。

1

"尊敬的用户,您好,欢迎致电本公司。爱情保洁请按1,普通家政请……"

"1。"

"欢迎使用本公司爱情产品。前任项目请按1,其他项目请按2。"

"2。"

"正在为您接通人工服务……"

"您好,我是901号客服,请问您需要哪方面的服务?"

"处理出轨。"

2

她开门的时候带着股化妆品的香气,全身上下只裹了件浴袍,略显俗气的酒红色头发束在一起,看到我时略微一愣。

"陈保洁师?"

我眯起眼,露出职业化的笑容:"袁小姐,很高兴为您服务。"

她稍显狐疑,但还是请我进了门:"我们小区有些难找,我还以为你会找不到。"

我换上自带的特制拖鞋,耐心回答:"小区大,确实有些难找。不过恰好我有个熟人曾住这附近,我多少有些印象。"

袁小姐舒了口气,声音轻得连她自己都没发现。她坐到按摩椅上,找了个舒适的姿势,随手点起一根香烟。

"陈姐,您应该清楚我的大致需求吧?"

"这是自然,订单这边显示您需要……处理出轨。那在处理业务之前,我想先了解清楚您的情况,以便更好地为您服务。"

"嗯,"她抽了一口烟,烟灰落到了洁净的浴袍上,"确实应该问清楚一些，因为现在的情况和你们以往遇到的可能不太一样。在这场出轨里，我才是那个'小三'。"

烟被掐灭，她优哉游哉地伸了个懒腰："所以我希望您能清理掉我存在过的重要痕迹，但要保留那些暧昧的部分——最好让正牌只能胡思乱想，却找不到任何证据。"她扭过头来，神情得意，"你觉得难办吗？"

我笑着摇了摇头："不难，我遇到过比这更复杂的。"

这次我的笑是发自内心的。

"请问您知道正牌大概什么时候回来吗？我需要估算一下我的整理时间。"

"哦……"袁小姐扬起下巴，答案看起来并不简单，"我不确定，至少她现在还没回来过，您先做着吧。"

"好。"我不再多说，全副武装，开始对房间进行例行检查。

实话说，袁小姐的确算是一个奇特的顾客。因为在一般情况下，我们公司的爱情保洁服务对象大多分为两种：

一种是有了别的情人，但又怕被对象发现，所以聘请爱情保洁师来清理掉他们出轨的证据；另一种是有了新对象，但又没法对新对象完全坦诚，所以需要爱情保洁师来清理掉前任存在的痕迹。

但现在，由小三主动提出的出轨处理服务，一定会引出更有趣的故事。

不过那都是客户的故事，与我无关，我只是个爱情保洁师，我接受客户的委托，但不参与他们的人生。

何况，对于情爱一事，我早就不抱希望了。

过了一小会儿，袁小姐似乎有些难耐地又点了一根烟，坐姿也是来回调换，我从中读出了她的急迫。

"陈姐，我能好奇一下吗？你所说的更难办的事情是什么？"

我看了她一眼，嘴角不自觉地扬起来。

"你真的……想听吗？"

3

早在袁小姐之前，我遇到过另一个奇特的顾客——林先生。

当时，林先生选择的业务是"暧昧处理"。

在他为我打开门以后，我自作聪明地以为自己知道了他为何需要这项服务——一个长相英俊、身材高大、穿着得体、举止绅士的男人，有一些"小暧昧"需要处理，理所当然。

但是，我想错了。

"陈女士，"最开始的时候他这样刻板地称呼我，"我希望您为我伪造一些暧昧的痕迹，不要太直白，但需要能让我的女朋友发现，最好让她产生怀疑，又没有直接的证据。"他顿了顿，褐色的瞳孔里露出些难辨真假的不舍，"我想和她分手。"

"其实您可以选择更直接的方式。"我想这么说，可我说不出口。

他低头看着我，双眸中涌动着一种难以言表的情绪，在那一刻，我感到那目光似乎落在了我的心中，因为它正以前所未有的频率在快速而剧烈地跳动，呼之欲出。

我脸红了，而他也格外善解人意："您会觉得很难吗？"

"不。"

我感到一股不知从哪里生出的窘迫，手足无措地理了理我整整齐齐的头发。

林先生邀请我进了他的屋子——他和他女朋友同居的地方。

"暧昧处理"的业务其实并不难，它和"出轨处理"有一些相似之处，但又要麻烦一些。当顾客是男性的时候，尤其要注意发丝、口红、生活垃圾之类的东西，其次还有社交软件。

而按照林先生的要求，我只需要把平常的工作反向来做就是了。

"我的女朋友每天早上 8 点出门上班，晚上要 8 点以后才回来，"他为我端来了一杯热水，在我身旁坐下，"我上午和她一起出门，下午 5 点半左右回家,您可以看下时间怎么安排。"

"你们周末会固定一起约会吗?"

"不,"他用手指敲了敲桌面,"有时候我们是单独行动,她也有她的生活圈子。"

这就好办太多了。

我在屋里走了一圈,林先生的女朋友看起来是个挺随性的人。房间里散落着粉色的发丝,类别不同的护肤品随意地扔在化妆台上,旁边摆着未关机的电子书,是些近期流行的无脑小说。她的衣服四处乱丢,床头、沙发上,哪里都有她的衣服。她或许不太喜欢用香水,但衣服上有一股很别致的沐浴液香味,和林先生用的是同一款。

接下来,在征求了林先生的同意以后,我看了他手机里几个可能有用的部分——聊天软件、外卖软件、打车软件等等。

从这些来看,林先生算得上是一个井井有条的人。他的工作和生活几乎没有重合,聊天软件里,除了和女友的聊天记录以外,不是和家人就是和同事的应酬群。同时,他既不怎么叫外卖也不太爱打车,社交平台上只有两三条无关痛痒的动态。

这样的服务对象,这样的服务需求,对我而言实在是有些轻松了。我松了口气,无意间又对上了他褐色的眼睛。他高出我一个头,神色温柔。

我抿抿嘴,往后退了一步:"林先生,我知道该怎么做了,是您给我安排一个过来的具体时间,还是我自己选择呢?"

他勾起嘴角笑了笑。

"都可以,我们可以先互相加个私人账号,沟通也轻松一些。"

按理说,和顾客交换联系方式是违反公司规定的,但面对他,我说不出拒绝的话,更何况这是顾客的要求,我想,"客户至上"不正是一个爱情保洁师所应遵循的金科玉律吗?。

因此,我只是稍做犹豫,便点开了二维码。

"嘀"的一声,我的好友头顶出现了一个红点。

在回去的路上，我同意了林先生的好友请求，他的头像是一张歪嘴笑的哈士奇，不知道为什么，我看着它也跟着傻笑了许久。

一个提出反向要求的顾客，故事的开头就不寻常，而面对这样的顾客，一向冷静自持的我似乎也有些反常，因此，我被牵扯进这个故事的后续，似乎也就不足为奇了。

4

那天以后，我与林先生的合作正式开始。

尽管心情有些波动，但我仍坚信自己是个专业的爱情保洁师。按照以往的经验来说，最初的三到五天属于测试期，我需要了解林先生女朋友的敏感程度——我移动她的衣物，按照不太一样的方式摆弄床单，将她的漱口杯放得离林先生的远一些，也会谨慎地在衣服和家具上留下一些不同的香气。

测试进行得有条不紊，唯一和以前不同的是，原本枯燥无味的工作由于这次完全相反的需求，不但没让我感到辛苦，反而让我感到有些新奇。

林先生的女朋友在捡起一根黑色长发的时候，第一次向他发起了质问："这是谁的？"

林先生按照我的嘱咐，模棱两可地淡淡道："我也不知道。"

这样达到的效果便是，林先生的女朋友一方面觉得自己神经过敏，另一方面又怀疑哪里出了问题。于是我所做的一切开始慢慢奏效——垃圾桶里有个沾着与她不同色号的口红的纸杯，家里的备用拖鞋有被动过的痕迹，沙发和床单也和她离开前有了变化。

不知不觉中，她已经皱着眉头和林先生对质了许多次，而每一次我都会比前一次更有成就感。我知道，用不了多久，我的任务就要完成了。

起疑是第一步，即将到来的是导火索一样的隐私检查，最终是积压的怀疑爆发，提出分手。

林先生就快要恢复单身了。

一想到这里，我禁不住笑起来。第一次，在任务即将完成之前，我感到了超乎寻常的快乐，一种被满足感充盈的轻松在我身体里激荡。我对着林先生微笑，我知道，那并非以往的职业微笑，我的笑容是发自内心的。

"我现在需要在您的手机里留下一些暧昧的痕迹，请问您对此有自己的想法吗？如果没有的话，我就按照我设计的角色进行了……"

"说实话，我认为没有这个必要。"

我抬起头，他那双浅褐色的眼睛又在闪烁。他往我身前探了探，带着温柔的压迫，同时又藏有一些讨好在其中。我飞速偷瞄了一眼他的侧脸，脸更红了，仿佛知道了他接下来想说什么一般——"我有一个合适的人选，而这个人选就在我面前。"

不，不合适。我不断抵抗，对自己说着。作为一个爱情保洁师，每日面对着那些顾客，我早已看清了爱情的丑恶，看清了掩盖在甜蜜美满外表下丑陋而不堪一击的真相——我怎么可能还相信爱情？

可面对着林先生，他这样定定地注视着我，眼睛里有无数甜言蜜语正待倾诉，似乎是一摊泥沼，我难以抗拒地陷进去，落入他的心中，无处可逃。除了答应，没有别的办法了。于是，从那天起，我成了林先生的小三。

5

林先生的手机里多出了第三者的痕迹——通话记录、社交平台、收货地址……

他们的聊天记录从某一天起突然多了起来，他们的说话方式和表情包也越发亲昵；林先生给那个地址寄过许多次新鲜水果，还会附上"按时吃饭"的纸条；林先生跟那个账号甜蜜互动，她发花，他说闻香识美人，她发海，他便发沙滩上的城堡；林先生开始主动在社交平台上发自己生活的动态了，有湛蓝一片的天空，有一望无际的花海……

我的工作完成得很好，留下适当的蛛丝马迹，让他的女朋友起疑。

但和以往不同,这个第三者,是我。

我和所有普通的第三者一样,享受着这因为隐秘而带来的小心动,小心翼翼地处理着一切;但与此同时,我和其他第三者又不一样,我仍然记得自己的身份,我需要保证任务的进度,确保林先生的女朋友会在合同期间与他分手。

林先生对我体贴入微,关心我喜欢什么,记得我们的每个纪念日,周末的时候会看情况带我出去约会或者带我回家。

每一次,我都先把这些极致的浪漫经历一遍,再强迫自己回到工作状态,清除掉我切实存在的痕迹,只留下一些模糊不清的线索,交由林先生的女朋友去自由畅想。

我告诉自己,这是不对的,和顾客之间产生感情还是其次,更重要的是,我们之间产生的感情,是对另一方感情的介入。

"可这就是我的需求呀,"林先生为我切好牛排,放到我面前,"只是在我需要和女朋友分手的时候,你恰好出现了而已。"

他还是那样微笑着,给我一种全世界只剩下我和他的错觉。

我被他说服了,我仿佛真的换了一个角色,不再是爱情保洁师,而是他的"合约第三者"。

于是,我自我麻痹地继续执行着工作任务,也继续占便宜一般享受着他的浓情蜜意。

就在一周后,林先生的女朋友对他下了最后通牒。林先生和以前一样,不做任何解释,也没有任何其他的想法。

两天后,他们正式分手。我在合同期内顺利地完成了任务,业绩和提成都有了。不过最让我开心的是,林先生已经从合约上的委托人,变成了我的恋人。

我干净利落地清理了他前女友的所有东西,包括一切以后可能会影响到我们的痕迹。我没有完全搬进他的家里,因为我们彼此需要一些空间,他和我都有自己的工作和生活轨迹。我把他的家当做我们共同的小窝,开始了甜蜜的热恋期。

可没想到的是,一天,公司接到了林先生前女友发出的需求:"出轨业务。"是的,她想找到林先生出轨的对象究竟是谁。

领导自以为是地把这个任务交给了我,因为在大家眼里,那个"暧昧对象"是假的,是不存在的,而我与林先生的恋爱关系,则是工作结束后双方"顺其自然"的吸引。

见面那一天,林先生的前女友看起来有些憔悴。她看向我中指上特意戴着的对戒,也应该嗅到了空气中弥漫着的和林先生同款的沐浴乳香味。

"因为您和您的业务对象当初的需求有所重合,我们只能尽力为您寻找更好的解决办法。"

"你是他现在的女朋友吧?"

她直截了当地打断了我的话,接着又朝我苦笑一声:"出轨只有0次和无数次,你最好小心一点。我现在不需要办理这个业务了,谢谢。"

可那时我并没有把她的这句话当一回事,我认为这不过是她的嫉妒,我和林先生是不一样的。

6

袁小姐从曲奇盒子里挑出一块小饼干,眯着眼睛偷偷打量我,这在我看来十分有意思。我微微一笑,假装没注意到,继续自己的工作。我看见她微微皱了皱眉头:"但是,林先生的前女友最后就这么走了吗?她就没怀疑过是你介入了他们的感情?"她边说边吃,声音有些模糊。

"袁小姐,我是爱情保洁师,请您相信我的专业性,我能够保证清理掉所有不该出现的痕迹。另外,当你真的看清一个人的本质后,或许你会决定放弃他。"

我捡起地上她的酒红色头发,发梢有些干枯,还有些烫染后的焦黄。她身上的香味有些过于浓厚,我在心里猜测着她的"男朋友"会对她感兴趣多久。

我对这些毛发进行了一定程度的收集和分散,随后捡起了她刚才抽剩下的烟蒂,问:"您男朋友的原配抽烟吗?"

"应该不吧,"袁小姐拨了拨头发,又反过来问我,"那你呢?你现在和林先生怎么样了?"

我一时没有回答,而是重新观察了她剩下的烟蒂。上面没有留下唇印,是细烟,爆珠的口味看起来不像是男士喜欢的。我将它收进专用的袋子,之后自然会有用。

见我不说话,袁小姐坐直了身子,问:"出轨只有 0 次和无数次,所以你的林先生出轨了吗?"

"嗯,他接连出轨了两个人。"我终于仰头看向她,在她问出下一个问题之前先回答了她,"而且他也没找爱情保洁师,以至于让我发现了一些蛛丝马迹。"

袁小姐瞪了瞪眼,随后转开眼珠,躲闪中又带着惊讶:"那你们分手了吗?"

我想她可能知道了什么,但我只是无奈地笑了笑:"算分手了吗?我也不知道。"

我继续在这屋子里晃荡,细致地将其中可以作为证据的东西都搜集装好,再让它们"隐秘"却"大方"地散落出来。

袁小姐这时看起来有些急躁,她抖了抖腿,又站起来,看着墙上的老式挂钟:"我男朋友还有一会儿就要回来啦,陈姐,你差不多就先走吧,他还不知道我找爱情保洁的事。"

我扭头看钟,刚好下午 5 点整。

"嗯。"我点了点头,却没有挪动脚步。因为在我到达袁小姐的家以前,我便知道了林先生新的出轨对象究竟是谁。

他,我的林先生,在出轨眼前这位小姐后,此时又去赴约了新的出轨对象。

"你刚才不是问我,我们分手了吗?"我转头对袁小姐说。

"嗯?"她皱着眉头,有些不明所以,看起来迫切地想让我离开,但又出于什么别的原因没有赶我走。

"你知道对爱情保洁师来说,什么是最难的吗?"我没去管袁小姐急切的表情,只是自顾自地继续往下说着,"最难的,是要亲自处理掉自己的痕迹。"

"就在不久前,我要收拾掉我的生活用品,整理好房间,弄干净我可能掉落的头发,把家里每一个缝隙都擦干净,就像我为每位客人做的那样,好像我从来没有存在过。

"而我做这些,却只是为了迎接他的新情人,好让她觉得我并未来过此处。我知道他的情人有着和我不一样的酒红色头发,她爱抽烟,爱用气味浓烈的香水,还会在他下班后跟他在卧室或者沙发上温存一会儿,就像你和你那位脚踏两条船的男朋友一样。

"出轨只有0次和无数次,这句话说得没错。"

她瞪着眼睛发不出声音,她早该猜到了,毕竟她的那位男朋友,一定姓林。

"我好像还没有好好地自我介绍过。我姓陈,我说的林先生,也就是你的'男朋友',在很长一段时间里,都住在这个房子里。当然,你只会选择我不在的时间过来,所以我们并没有见过面。"

袁小姐的表情在我面前一点点崩溃,我想,那一刻带给她的震惊,应该让她连基本的移动都做不到。

"你知道为什么他今天一直没有联系你吗?"我朝她走过去,倨傲地俯视着她苍白又年轻的脸蛋,"因为他认识了新的女孩,比你更年轻、更漂亮的女孩。我刚刚说过了,他在与我恋爱后,接连出轨了两次,而你,只不过是其中一个罢了。

我用目光瞄着袁小姐的五官,在内心发出冷笑,呵,我们这些可怜又可恨的女孩儿。

"或许比起我来,你要更失败一些。对了,我送了你们一个礼物。"我轻轻拿出早就准备好的照片,上面是林先生与我们之外的另一个女孩在约会。

"你也不会是他爱的最后一个女孩,你明白吗?"

她呆愣在原地。此时的她或许会意识到,自己才是那个被玩弄于感情中的失败者。

我扬长而去,不知自己和她是否还有重来的机会,但愿我不会再回到那个房间里。我不禁自嘲,所谓的爱情保洁师,却无法将情感中的痕迹也一一清除,唯有离开,才能暂时解脱。

可惜我犯下的错与受到的伤害,让我愧疚且不敢再去相信任何人,不知这些情绪将会禁锢我多久。

我又能在这条"爱情保洁"的路上,走多远呢?

7

"尊敬的用户,您好,欢迎致电本公司,爱情保洁请按1,普通家政请……"

"1。"

"尊敬的用户,欢迎使用本公司爱情产品。前任项目请按1,其他项目请按2。"

"2。"

"正在为您接通人工服务……"

"您好,我是901号客服,请问您需要哪方面的服务?"

"处理出轨。"

"您好,我是您本次的爱情保洁师,我姓陈,请问您需要哪方面的服务?"

"你好,我妻子好像发现我出轨了,我两边都不想放弃,你看看,能怎么帮帮我?"

"好的。"

我想,我或许要用一种全新的方式,来对待我的工作了。

面试官:困饼干

人类进化第一步：影子消失

奇葩职人档案 编号 010

伴 走 者

✗

上传意识，他们成为陪伴人类前行的人造影子。

工 作 内 容

1. 化身为影
佩戴影子协会发放的头盔，连接脑部意识并确定目的地坐标，而后化身为影子；

2. 匹配对象
通过服务不同的失去影子的对象们，找到最适合自己的，建立稳定关系；

3. 如影随形
扮演一个稳定的影子，直到与你交接班的同事前来。

个 人 信 息

武煜的影子
男　影子协会兼职者
负责服务名为武煜的男人

备 注 说 明

影子的本质不是光学现象，而是和意志、精神有关的，人体的一部分。

不知从什么时候开始，人类不断在失去属于自己的部分。尾巴会消失，智齿会消失，就连影子也会消失。我开始怀疑，只要人类的历史延续得够久，还有什么部位是不会消失的呢？

1

"这边请。"

我跟着穿西服的男人进入会议厅，和我一样来面试的共有十几人，男女老少，神色各异。或许我们唯一的共同点是看上去都不太有钱。据我所知，影子协会的兼职邀请是精准投放的，也就是说，只有城市里最穷、最底层的那批人能够收到邀请，毕竟穷人更会为了钱去铤而走险。

影子协会的会长坐在圆桌对门的位置，压了压手，示意我们落座。

我顺从地坐在离我最近的一张椅子上，左边是个二十岁出头的女大学生，右边则是刚毕业就失业的男青年。最后反应过来的两个人只好坐在会长身旁。

通往会议室的长廊到处张贴着会长的海报，他本人比海报上要憔悴一些，虽然西装笔挺，但隐约能看到下巴上冒头的胡子茬儿，让我想起了在公司通宵加班的前同事。

"今天让大家来，主要是介绍一下兼职内容，觉得合适的人明天就可以开工了，觉得不合适的也没关系，我们下次有机会再合作。"

"好！"突然有人鼓起了掌，我感到莫名其妙，但倘若不跟着鼓掌，会显得我是个异类，因此我也鼓起了掌。

等掌声停止，会长才继续说话："我们影子协会要招的是伴走者，也就是陪伴人类前行的人造影子。"

会长的话像在平静的湖面上投下一块巨石，激起了一阵波澜，私语声此起彼伏。

"我是不是太笨了，怎么听不懂他说的？"右边的青年转头问我，眼神迷茫。

不等我回答，会长已抢在我前面解释起来："随着人类进化过程的不断推演，人体中用不到的部分渐渐退化，像原始人的尾巴一样。影子也会退化，早在十年前变异的个体就出现了，因为无用，影子在那人身上消失了。之后的十年里，这种个体的变异继续出现，然而个体的变异要经历漫长的岁月，通过基因的传递才能转变为群体的进化。为了不让人们产生恐慌，避免歧视的发生，影子协会在有关部门的指示下成立，专门招募人类成为'伴走者'。"

"影子怎么会消失呢？有光的地方就会有影子。"我身边的大学生发出了质疑。

"影子的本质不是光学现象，而是人类身体的一部分，是和意志、精神有关的一部分。它像人的汗毛可以御寒一样，能抵御他人对人类意志及精神的侵害，但人们很少去关注这件随行的铠甲。影子，因为存在，才会显现，而光只是让影子被人看到的一个条件。"

尽管大家并没有完全了解影子的异变原理，但这不重要，成为"伴走者"的丰厚酬劳足以令人心动，最后，几乎所有人都签下了兼职合同，陆续走出了封闭的会议室。

临走前，我站在门后的阴影中，拦下正要匆匆离去的会长，抛出困扰我许久的问题：真的会有人发现自己的影子消失了吗？

会长有些好笑地看着我："你这是在质疑我们的工作能力？个体的变异伴有预警，我们一旦观测到某个人的影子即将退化，就会提前派出伴走者潜伏在他的身边。伴走者之间的交班程序也是极其严格的，除了影子协会和兼职的伴走者，没有人知道影子退化的事。"

2

成为伴走者，化身为影子，比我想的简单许多。只要躺在家里，戴上协会发放的"头盔",就能将我们的意识传送到影子协会,然后在影像化处理室将意识具象成影子的形态,输入需要前往的坐标,定点投放。不出 5 分钟,我们就能抵达服务对象的身边,成为他的影子。

根据签下的协议,我们每天需要工作 10 小时,分别服务于五个对象。会长说,这样有利于找到最适合我们的那个人,毕竟每个伴走者都有自己的特性,只有通过良好的相处才能培养稳定的关系。

所以上班第一天,我就做了五个人的影子。

第一个是上班族,每天早上 7 点不到就要起床,洗漱打扮,半个小时后出门。公交转地铁,在路上花了一个多小时的时间,还没到公司我就要奔赴下一个战场了。

第二个是初中生,我到的时候,他刚上完科学课。我陪他去上了个厕所,就接着上数学课,然后是语文课、英语课。他头天夜里不知道是打游戏还是写作业到太晚,似乎没睡够,上课一直打瞌睡,我也一直跟着不住地点头。

不幸的是我没赶上学校食堂开饭,就被迫去了另一户人家,给婴儿喂奶。婴儿的啼哭魔音贯耳,折磨了我整整两个小时。

两小时一到,没有喘息的机会,我又到了室外的工地,在炎炎烈日下搬起了水泥。搬水泥的工人勤勤恳恳,搬了一小时水都不喝一口,等扛水泥袋的姿势给我练成了条件反射,才算结束。

最后,我终于走运了一回,附在卖炸串的摊主身上。摊主是个年轻人,卖出五串,自己要吃掉十串。

在我给客人的影子递炸串时,我才发现除了看东西朦朦胧胧的,做影子和做人没有太大的区别。

这个城市大概有三分之一的人发生了变异,他们的影子被人造的影子取代。原生的影子死气沉沉的,而人造的影子之间却可以用脑电波相互交流。和我交班的伴走者就老爱跟我闲聊,他比我晚两小时上班,服务对象的一致导致今天我们已经交了四次班了。

我即将在悠闲的吃炸串的过程中完成和他的第五次交班。

3

影子是不分性别的,人造的也一样,但我习惯把所有没有性别的东西叫作"兄弟"。

所以同事来的时候,我说:"哟,兄弟终于来了。"

这位兄弟也是第一天上班,被前四个人搞得筋疲力尽。

他悲伤地陷入自我怀疑:"我是不是太笨了,今天明明是我的生日,却过得这么狼狈。"

我安慰他好日子就要来了。

他说:"要不是为了钱,谁会这么累死累活的,等我找到不用搬砖的有钱人就要安定下来,专门做他的影子。"

我笑了笑。他像是看出了我的嘲讽,反问道:"难道你不这么想吗?"

我才不呢,我要再接触接触。这跟结婚差不多,闪婚也容易闪离,挑对象得慎重。

兄弟似乎被我说服了,沉默着跟我换了班。

从影子变回人,那种轻盈的感觉瞬间消失了,我又回到了人间生活。

黑暗中,闪烁的手机屏幕提示着一日的辛苦钱到账,我看了一眼,对这个数字十分满意。

我从床上爬起来,开了灯,再去厨房倒了杯水,喝完,烦躁的情绪还是没有离开我。

我知道烦躁的情绪源于我缺失的部分,我不断思索着,是那一天的第几分几秒,我失去了自己的影子。按照会长所说,如果那天是我的变异导致影子的消失,他们应该会提前派出伴走者跟在我身边,代替我消失的影子。

而如果早在这之前,我最初的影子就被伴走者替换了,那消失的就是我的伴走者。为什么他会突然消失,并且再也没有人接替那个空缺呢?

从搜索到的关于影子协会的零星信息，到买下存有影子协会兼职邀请的旧手机，再到变成影子，接触其他伴走者，我觉得我离真相越来越近，但真相之外笼罩着的那层迷雾，令我越来越看不清楚……

第二天，我也做了五个人的影子，向那五个人周围的其他伴走者打听消息。

可做这行，要守行规。首先，伴走者不能泄露服务对象的秘密；其次，伴走者不能伤害服务对象。基于第一点，能从其他伴走者那里打听到的消息数量就大大减少。

所以，缺少有效信息的我止步不前，而烦躁的心情却越演越烈，直到我被派到那个女孩身边。

4

女孩是我服务的第五十七个人。也是我上班第十二天，服务的第二个人。

做她的影子和做别人的影子不太一样，我的世界仿佛被几倍速地放缓了。

她整天坐着，不怎么走动，作为影子，我也只能陪她坐着。

有时候，我们会把凳子搬到她房间的窗户边，静静等待日落。时间晚了，她开着昏暗的台灯躺在床上，我就随她一起躺下，橘色的光芒照在我的身上，我们手碰着手，我感到一丝暖意。

大部分时候，她坐在简陋出租房的画架前。颜料用完了，没有再买新的，废弃的罐子堆在脚边。她就拿着素描铅笔不断涂画着，勾勒的人和物都朦朦胧胧的，只剩一个轮廓。

室友给女孩送吃的，她的影子悄悄跟我说，女孩的脑袋出了问题。

"怎么搞的呢？"

"不知道。总之就是有一天，突然就崩了。她的脑子好像断线了，别人问她吃了吗,她都答不出来。她本来今年要去考美术学院的。"

我不知道说什么。不幸就是会这样毫无征兆地落在一个人头上。

服务的对象超过五十人之后,我就可以在前五十个人中任选三个合适的人选,进行重复服务。

我记下了女孩的坐标,之后的每天,我都会花两小时陪伴她。另外的八小时在城市的各个角落穿梭,我的调查还在继续。

到了第十五天,我跟着人摆摊儿时,找隔壁摊儿的影子闲聊。对方是个老油条,入行多年,有些人脉,掌握了这行大大小小的许多八卦。聊着聊着,他提到了一个大家都避之不及的对象,一个专为有钱人辩护的律师。

"他住在别墅区,跟着他算是傍上了大款,天天吃香的,喝辣的,也不用干体力活。但很蹊跷的是,他的影子常常会受到攻击。"

"你怎么知道?你做过那个人的影子吗?"

"不,影子自己不能泄露服务对象的秘密,我也是听说的,有人见过那人的影子,交班时总是带伤离开。"

"什么伤?"

"比如缺胳膊少腿之类的。"

我对隔壁摊儿兄弟的话半信半疑,信是因为他脑电波的描述言之凿凿,不信是因为情节不可思议,我想象不出来,影子该怎么缺胳膊少腿。

但我还是跟他打听了律师的坐标。为了求证传闻的真实性,以及查明这事是否跟我的影子消失有关,我决定亲自去看看。

5

翌日,我在影子传输室修改了四个随机坐标中的一个,按照惯例,最后一个坐标是女孩的家里。

我在做完三个随机的伴走者服务后,来到女孩的出租屋,陪她看了日落。等交班的兄弟过来,我就奔向传闻中的律师身边。

晚上七点，我到了律师事务所。所里还有七、八个人在加班，律师武煜坐在自己的办公室里，准备答辩状、代理词等材料。

他和我想象的差不多，西装革履，头发抹了发胶，梳得一丝不苟。虽然看上去有四十多岁了，但精力充沛，就算加班工作也不显疲惫。

由于时间太短，我在陪他加班中结束了今日伴走者的工作。

夜里躺在床上，我不断回忆着答辩状里的几个关键词。变成影子后，我总是看不清周围的事物，只能通过被放大的关键词推测他撰写的内容。

首先，武煜应该是被告人的代理律师。并且，案子涉嫌故意杀人罪。最后，被告和被害人还是男女朋友关系。

明天就开庭了，不知道武煜要怎么为被告做辩护。为了赶上庭审，我特地把武煜排在今日服务对象的第二位。

在我之前轮班做武煜影子的兄弟，似乎看官司看得津津有味，我来接班时还有点恋恋不舍。

庭审进行到出示物证的环节，武煜拿出一份音频公开播放。电脑里传出被告男和被害女的争吵，以及玻璃碎裂的声音。男人说："打我啊，你要是气不过就打啊！"接着传来几个巴掌声。

武煜拿出这段音频来证明，情侣两人平时脾气都比较暴躁，而且女生常常单方面对男生动手。

被害人的家属忍无可忍，大叫着："不可能，你说谎，我们女儿怎么会动手打人呢。"

审判长对家属予以口头警告。

武煜继续出示物证，被告男在案件发生后的伤情鉴定显示，他在近期被钝器击伤。

进入法庭辩论环节。公诉人还是同一套说辞，咬定被告故意杀人。而武煜则用防卫过当去应对。他主张案件发生当天，被害者对被告实施了家暴行为，同时用钝器击打被告的颈部，所以被告本能地抢过钝器进行反击。被告的目的只是防卫，而不是致被害人死亡，其主观恶性小，社会危害性不大。

到互相辩论环节时，公诉方已被武煜的逻辑和话术完全碾压。

虽然我没有听到最终的评议和审判就和下一个伴走者交班了，但局势明朗，我猜测被告可能只需坐几年牢就出来了。

6

武煜总给我一种奇怪的感觉。虽说为谁辩护都无可非议，而且他工作算是尽职尽责，在前期的取证、调查中耗费了大量的时间和精力，但他未免也太过泰然，给人一种有恃无恐的感觉，好像天不怕地不怕，无论做什么都不怕别人报复。

就像前几天，他在停车场被人纠缠，对方咒骂他，控诉他欺骗居民签署最低拆迁赔偿的合同。武煜对他嗤之以鼻，一副不想理睬要往前走的模样。那人推了下他的肩膀，将他拦住。武煜却毫不慌张，退到有光亮的地方，不甘示弱地说打就打。我因此也不得不和那人的影子扭打作一团。

那人的影子是实实在在的影子，一拳一脚都没有商量的余地。我随着武煜的脚步左右闪躲，他的反应很快，没躲几下就抓住机会开始反攻。

"啊！"

武煜一个过肩摔把那人摔在地上。我也有些胜利者的得意。

那人蜷着身子，抱着腿，变本加厉地咒骂起来。我觉得有些头疼，想赶紧离开这里。

武煜淡定地踩着他的手走了过去，说："滚，别再来了，你伤不到我分毫的。"

我在网上搜索了武煜的经历，有些明白了他为什么这么自信。武煜目前是柔道三段，大学的时候就拿过省级赛事的男子组冠军。除非是被人围攻，否则很少有人能打得过他。

我的疑虑打消了一半，但传闻中影子受伤的事还没个眉目。我不再去武煜身边，将越来越多的时间花在女孩的身上。

女孩名叫余晓云，她的人和名字一样，像飘在天边，总是离我很远。我坐在她旁边，不知道她在想些什么，但只要在她身边，那平和的气场就能让我获得安宁。

我喜欢看她画画，喜欢我们一起拿着铅笔勾勒图案，作品总能反映创作者的内心。我相信，等我理解了画的含义，就能读懂晓云的内心。所以，我每天都仔细欣赏晓云的画作，可东看西看也没看出个所以然来。

"我是不是太笨了？"被同事的口头禅感染，我对自己的鉴赏力产生了怀疑。

黄昏时分，我们还没来得及把椅子搬到窗边，夕阳的余晖就洒了进来。我变得很长很长。画架也被拉长，我好笑地瞥了瞥被拉长的画作，第一次看清了画中的图案。

影子看人类世界的东西总是朦朦胧胧，但却能清楚地辨认影子世界里的所有细节。

办公桌、电脑、文件、碎了一地的玻璃、半跪在地上的影子。

我终于看懂了，晓云画的是武煜家的书房，那个令她恐惧的地方。

女孩绷着脸，她的身影像我一样，也被夕阳拖得很长很长。我捂住胸口，仿佛有什么回到了我的身体里。

7

时隔两周，我再次来到武煜身边。他的仇家不减反增，外出买包烟都能被两拨不同的人拦下。在我换班前为武煜服务的影子让我快跑。

刚从传输室过来的我不明所以。

影子想用脑电波告诉我些什么，但又因为某种阻力，放弃了这个念头。

他病恹恹地被传输室回收，消失在我的眼前。

我接了他的班，也顺带着承受起了他的痛苦。武煜的战斗力很强是没错，但那些来找他麻烦的人，那些投来的眼神，以及脱口而出的咒骂都让我感到不适。

我突然想起了那一天，在影子协会，会长所说的"影子的本质不是光学现象，而是人类身体的一部分，是和意志、精神有关的一部分"。

我的痛苦愈演愈烈，武煜却跟没事人似的，扫清路上的障碍，回了家。他站在一楼大厅的落地窗前，抽着烟，望着外头的草坪。抽完两根，他就转身去了二楼的书房。

他住的大别墅没什么花里胡哨的装饰，家具和装修都是最简单的。书房里就只有桌子和书架。他打开电脑邮箱查看邮件。

一封血色基调的邮件跳了出来。有了前车之鉴，我通过电脑的影子读信的内容。信里写着一段我看不懂的字符，但那黑底红字的配色很难不让人联想到诅咒。

武煜把邮件删了，继续查看下一封，看来他对这种程度的信已经见怪不怪了。但一看到那封信，我体内的撕裂感却越来越强烈，像有什么东西从我的内部生长、迸发，挣断了有序排列的神经线。我痛苦地跪倒在地，被迫和他的身体分离，虚弱的我再也无法同步武煜的行为了。

我躲在桌子底下光线照不到的地方。从他身上离开之后，那种对我神经和意志的攻击减弱了。武煜开始焦躁起来，拿出烟盒，抽出一根点上。

我继续思索会长的话，他说，影子像人的汗毛可以御寒一样，能抵御他人对人类意志和精神的侵害，而人们很少去关注这件随行的铠甲。

也就是说人类的变异和意志、精神力量息息相关，精神力量强大的人率先完成变异，使影子退化，与此同时，部分人也注意到了影子的防御作用。

影子替人类抵御伤害的方式是原始的，赤裸地暴露着意志，像肉盾似的献上自己。像武煜这样意志强大的人，就算没有影子，在别人的诅咒和言语攻击下，他可能会焦躁不安，但绝不至于像此刻化身为影子的我一样痛苦。可他显然是知道影子的秘密的，他利用影子替他抵挡攻击，而不愿承受一丝的情绪波动。也是因为知道了影子的秘密，他才会嚣张地、无所顾忌地赚黑心钱，惹怒众人而没有一丝畏惧。

武煜突然低头，像是在寻找自己的影子。我生怕他看出什么，爬回他的脚下。对他的攻击再次转移到我的身上。

痛苦中，回忆犹如走马灯，影子协会、这些天的经历、女孩的身影……在我脑海中不断闪过，我想起了在协会的数据库里找到的余晓云的指定协议，她的协议上写着我的名字。那一天，她来协会选择了她认为最适合的人。协议第二天才生效，为了多赚一天的钱，她被指派到了武煜的身边，她像现在的我一样受到了攻击。协议在第二天生效，但受伤的余晓云却无法来到我身边。我们像是系统的漏洞，被影子协会遗忘了……

我晕了过去，再醒来时，我被回收到了传输室。

8

我在传输室遇到了同样被回收的新同事。现在，我们都是黑乎乎的一团，但他还是凭借脑电波认出了我。

他先是自顾自说起了自己的遭遇。自从遇到女孩之后，我们服务的对象就渐渐不同。没有傍上大款的他，今天也在各个职业的人类之间奔波。他说："做医生的影子真是累，我见血就晕，还不得不给病人的影子开膛破肚，把手伸进去……当卡车司机也挺危险的，打个瞌睡，差点就要撞上人……"

他说了整整三分钟，才发现我不对劲。

"你被我的经历吓傻了吗？"

我没有理他，他似乎有点急了。

"我是不是太笨了，说错话了？我还挺喜欢你的，我以为我们是朋友？有什么事，说出来，大家一起想办法嘛。"

感受到他的真诚，我本想把武煜的事告诉他，但我的脑电波像被切断了一般，无法顺利地将信息传送到彼岸。

也许这就是影子守则的力量吧。

我既不能泄露武煜的秘密，也不能伤害他，而这一切并非出于我的主观意愿。

我悲伤地想着，伴走者也许就是影子协会制造的牺牲品，他们规定了人类的权益，而不顾影子的生死，难怪要招最底层的人来卖命。

如果武煜恶意利用影子来抵挡攻击，以便继续为所欲为一事不被揭穿，就会有更多的伴走者沦为祭品。从余晓云身上可以看出，在影子形态下受到的伤害将会多大程度地影响人体。我不能让这样的事继续发生，就像我不能让余晓云白白承受这一切一样。

新手同事还在等着我的回答，于是，我给他讲了一个毫不相干的故事……

9

武煜死的那天，正好是我当班。第二天，影子协会派人来做上门调查。我表现得很忠心。

"武律师是我那天的第一个服务对象。他早上七点起床，喝了杯咖啡就开车去上班。他住的别墅离市区的律师事务所很远。他开了将近半小时，还在郊区，然后天上下起了毛毛雨。突然，在十字路口有一辆卡车冲了过来。我可以保证，当时武律师绝对是头脑清醒的状态，而且没有违反交通规则。"

"这几个礼拜，你好像经常为武煜提供影子服务啊？"

"我觉得他挺好的，勤勤恳恳，工作体面，而且有钱，家里环境也好，所以想多跟他接触接触。"

调查员翻了翻手里关于武煜的资料，无可厚非地点了点头。

我反问道："那个卡车司机的影子是影子协会安排的人吗？调查他了吗？"

"现在是你问我，还是我问你啊？"

我给他递了根烟，说："我这是气不过。本来都要跟着武律师吃香的喝辣的了，结果人没了，你说我找谁说理去，还不能问问人到底是怎么没的吗？"

调查员吸了口烟，语气缓和了一点："这就是个意外。那天给卡车司机当班做影子的也是个老实人。我在来你这儿之前,去他家转过了。他说那天司机一大早就起来送货,前一天晚上没睡好,老是打瞌睡。一不留神,就……"

"他说的是真的吗?"

"当然了,你当我们吃干饭的吗?!"调查员抖掉烟灰,灰烬落在地板上,烟头的火星复燃起来,"我让同事看过监控了,那个司机在撞死人的前几天在同一个十字路口因为打瞌睡差点儿出了车祸。看来该来的总是会来的。"

"是福不是祸,是祸躲不过。对了,经过这件事,我不想再干这个了。第一次看到有人死在我身边,晚上睡都睡不着。"

"哈,也对。这不是什么好差事,责任重大得很,还是老老实实上班的好……"调查员起身,好奇地在我家四处转转,"我看你这儿环境挺好的啊,怎么会来干这活儿呢?"

"这是我姨妈家,她前些天刚走,一辈子没结婚,也没生孩子,留下的房子就给我了。"

调查员羡慕地说:"真是走了狗屎运。"

送走调查员,我回到客厅,拉开窗帘就能眺望辽阔的江面。

我没有什么过世的姨妈,这间临江公寓最顶层的房子也是我自己买的。

在做伴走者之前,我当过程序员,从 A 轮加入一家互联网公司,一待就是八年。八年间,公司越做越大,最后在香港挂牌上市。

自从我的影子消失后,我的状态就很差,体力不支,写代码也老是出错。于是,我干脆辞掉了工作。我手上拥有的股份和多年积攒的工资够我活上好一阵儿了。

10

调查结束的那个星期五,我去影子协会交还"头盔"。面试那天领我们进入会议室的秦哥,带我去签了一份保密协议。签了协议就等于同意被催眠，我将会忘掉关于影子协会和伴走者的所有事。

在进催眠室前，我在贴满会长海报的长廊里遇到了一位男青年，面试时他就坐在我右边。他看着我，我向他微微点头致意。也许认出了我，也许没有。我们擦身而过，垂下的手臂，隐秘地击着掌。

左手击向右手，我顺势把握在掌心的银行卡交给了他——作为我利用他杀死武煜的补偿。

密码是你的生日，我在他身侧耳语。

我们在秦哥注意到之前迅速分开，往各自的方向继续前进。

那天，新同事还在等着我的回答，于是，我给他讲了一个毫不相干的魔鬼与农夫的故事。

"从前，有个村庄里住着一个穷苦的农夫，他从早到晚辛勤劳作，但总是无法摆脱贫穷的生活。原因在于他家的炉灶底下住着的一群小魔鬼。农夫一得到点儿什么，就会被魔鬼夺走，他们总是给他带来不幸。农夫想要把自己从危害中解救出来，于是他在炉灶前放了一个牛角盒子，随后利用音乐将小魔鬼们从炉灶下引出来，小魔鬼们随着音乐进入盒子，农夫就把盒子盖上，塞在了很重的磨盘底下，让他们再也无法出来。从此以后，农夫的生活就好了起来。"

同事读懂了故事背后的含义。

"谁是魔鬼？"他问我。

他在第二天早上七点和卡车司机一起出城。进出城的路只有一条，只要控制好时间，让两辆车相遇不是难事。车子相隔一公里时，我们就能用脑电波沟通。

影子的意志也会反作用于人类，也就是说，影子让自己生成困意，在一定程度上也会影响人类的意志。

于是，当武煜的车停在十字路口，犯困的卡车司机就冲了出来。大车撞小车，卡车司机安然无恙，武煜为了避让，整辆车侧翻出了马路……

我在海报上会长的注视下穿过长廊，来到催眠室。秦哥等在门外，我独自进入了这个狭小的房间里,小房间像一个电话亭,但六面墙上全是浮动的波浪线。我看着看着就想要睡着,心底也有个声音唤我入眠。我顺从地闭上眼,回想着余晓云的脸,我想了一遍又一遍,要把她牢牢地刻在脑子里……其余的,无论好的,还是坏的,再醒来时,我都会忘掉,变回原来那个纯粹的我。

面试官:日不见

我 的 葬 礼， 请 盛 装 出 席

奇葩职人档案 编号 011

葬礼策划师

✕

葬礼现场的直播总导演。

工 作 内 容

1. 策划葬礼卖点

熟悉镜头语言；
能够熟练运用机位、景深、背景音乐等，渲染气氛，制造营销事件；

2. 完成线上直播

熟悉抖x、快x、淘x等平台直播规则。

个 人 信 息

张奕城
男　新闻专业毕业
国内葬礼策划师行业翘楚

备 注 说 明

葬礼不过是把一具失去了灵魂的尸体装进方形的盒子里，然后用土将它掩埋。直播葬礼跟直播一场戏剧没有分别。

1

工人们正在悬挂挽幛，偌大的黑绸布上只有一行白色的字：沉痛悼念我的父亲徐建儒。

黑绸布旁悬挂着挽联，文字是徐琳琳从网上随便抄的。她仰起头，指挥着工人左右挪移，力求呈现一个最好的视觉效果。挽幛下鲜花簇拥，几乎遮挡住了她父亲的遗体。

一切就绪后，徐琳琳便往后走，来到了她的临时化妆间。这里空间狭小，光线也不好。她看着梳妆镜中的自己，觉得还不如外头的尸体显得气色红润。

她轻轻摸出了包里的化妆品，这些瓶瓶罐罐全都价值不菲。只懂研究学术的老爹可买不起这些，但这些又都是一个网红必不可少的，于是她只好各处贷款。巨额的利息如同雪崩，穷酸老爹死后留下的钱根本填不满这样的窟窿……

而这场葬礼，或许就是老爹留下的翻盘机会。

她掏出手机，点开了直播软件，看着首页置顶的那位网红——在那个奇迹的夜晚，她直播了她母亲的葬礼。徐琳琳也看了那场直播，拙劣的演技、浮夸的表情，即便如此，她还是被观众们的同情推到了人气榜第一，赚得盆满钵满。

从那之后，国内便诞生了"葬礼策划师"这个新兴职业，行业内的翘楚便是第一场直播的总策划师——张奕城。

徐琳琳微微浅笑，她早已委托朋友联系到张奕城，如果他愿意为自己老爹的葬礼直播做策划，那么自己不仅能偿还债务，没准还能因此一炮而红。

化妆间的门被推开了，拎着水桶包的女人走了进来。

徐琳琳通过梳妆镜看她，同为网红的她不用忍受催债电话，一举一动也相当优雅——就因为她有一个富裕的家庭吗？这样想着，徐琳琳对躺在外面已成为一具尸体的老爹又多了一分厌恶。

"张奕城来了吗？"她开口问马曲薇。

马曲薇摇头："他拒绝了我们的邀请。"

"那怎么办？"徐琳琳倏地站起来，显得有些紧张。

"没事，"马曲薇拉过另一条凳子坐下，点上一根烟，"我请了另外一个策划师，虽然是个二流货色，但总比没有强。他已经带着他的摄影团队在外面准备了。"

"能行吗？"

"姐妹啊，在这种紧要关头我能给你找到一个团队，就别挑肥拣瘦的了。"马曲薇吞吐着烟雾，"下次我一定给你请到张奕城。"

"没有下次了，我妈头几年就死了。"她叹了口气，"你说我妈死的时候，我怎么不知道搞这个赚钱。"

说着，她拉住马曲薇的手："不过还是谢谢你，薇薇，下回你家里人的葬礼，我也帮你张罗。"

"别，打住，你还是念我点好吧。"

2

摄影团队已经架设好固定机位，拿着对讲机的葬礼策划师在灵堂前来回穿梭。

宾客们陆续到场，他们坐在台下，狐疑地看着一切，如果不是知道躺在鲜花丛中的确实是徐建儒老师，他们还以为自己误闯进了电影拍摄现场。

徐琳琳从化妆间里钻了出来，宾客们停止了窃窃私语，目光不约而同落在她的身上。她并没有穿寻常的白麻孝服，而是一身白色抹胸长裙，长长的蕾丝裙边拖在地上。

"感谢各位来宾在百忙之中参加我父亲的葬礼。"

台上台下一片寂静，策划师压低声音对着对讲机说话："开始直播，工作人员就位。咱们女主角一会儿要是落泪的话，一号机位记得速切近景！"

"云翳沉沉，秋风送悲，山河呜咽，大地悲鸣。我的父亲积劳成疾，我几欲肝肠寸断，身为他唯一的女儿，没有照顾好他，是为不孝……"徐琳琳突然卡壳了，这是她前一天晚上写的词，还没有背熟。她干咳了几声掩饰自己的不自然，"下面开始哀悼。"

"奏乐！"策划师对着对讲机低吼，"二号机位切到尸体，给我特写，快快快！"

趁着大家起立哀悼，策划师进入直播间查看，目前观看人数不到千人，弹幕少于百条。他快步走到徐琳琳身旁，俯在她的耳边："热度不够，你需要发几条动态。"

徐琳琳接过手机，站在父亲的尸体旁，将美颜相机的磨皮开到最大，屏幕里死者徐建儒面色更加红润，像是随时就要醒过来一般。

"不行啊，我哭不出来。"她找了好几个角度自拍，都没有找到那种悲痛的感觉。

"眼药水！"策划师递给她。

照片上传之后，她又配上自己的文案：爸爸，我愿你走得安详，希望你安息！

一些上了年纪的宾客看到这一幕，大声斥责其荒谬，愤然离场。剩下的大多也摇摇头离去，最后厅堂里只剩下一个人，那人戴着黑色的鸭舌帽，帽檐几乎遮挡住了半张脸。徐琳琳忍不住多瞥了他几眼，但没过多久，他便消失了，仿佛从未出现过一样。直播间里却热闹了起来，观看人数开始飙升，大量带着戏谑语气的弹幕充斥了整个直播间。徐琳琳趁着热度把房间标题改为：明天爸爸就要火化了，我再也见不到他了。

突然，一架"火箭"划过直播间的页面，接连着几架"火箭"开始在直播间刷屏，徐琳琳愣了好几秒才缓过神来，谄媚的笑容爬满了她的脸："感谢细雨哥哥送的十艘火箭，我一定尽快从丧父的悲痛中走出来，给你们带来更好的节目。"

3

徐建儒落葬后的第三天。徐琳琳拿了钥匙到父亲留下的房子里收拾东西，房子是拆迁安置房，依傍在城郊一片臭水湖旁。

徐琳琳童年的记忆里，母亲与父亲尚未离婚，狭小的安置房甚至摆不下一张稍大的餐桌。他们只得把餐桌搬到天台上，夏日的夜晚，湖边满是蚊虫，一餐饭的工夫，就被叮得手臂到处红肿，徐琳琳忍不住抓挠，溃烂和结痂始终离不开她。

她把钥匙插进有些生锈的锁眼里，门吱呀一声打开。进门便能闻见一股潮气。她走进徐建儒的卧室，从未叠过的被褥已经耷拉到地板上，趴下身往床底望去，各种各样的书籍胡乱地塞在下面。

也许母亲就是因为忍受不了这样的杂乱和潮湿才会离去。徐琳琳记得那是小学二年级的一天，放学后，她回到家中，母亲已经打包好所有的物品，站在门口等着她，没有言语，拉着她便离开了。一路上，徐琳琳一直回头，希望父亲追出来，但始终没有。

徐琳琳用扫把把床底下的书一本本扫出来，赌气般地扔进垃圾桶里。她恨徐建儒，母亲带她走后，改嫁过两回，她的每一任继父对她都很糟糕，后来母亲开始酗酒，她连高中都没有读完便辍学了，整天和骑着鬼火的地痞厮混在一起，喝酒打架无所不为。

几年前，母亲醉酒后突发脑出血身亡，徐建儒这才找到她，要她搬回来一起住。她自然没有答应，徐建儒便帮她租了一间房，每个月定期打来生活费，唯一的要求就是每周回徐建儒那儿吃一顿饭。但纵使是这简单吃顿饭的请求，徐琳琳也没有照办。

最后一次与徐建儒吃饭，是在一个寻常的周末，那时她刚在一个酒吧找到一个夜班的活儿，她上完夜班后回出租房倒头就睡，没睡几小时，便被徐建儒的电话吵醒了。

到徐建儒那里的时候，已经是下午一点，徐建儒还在厨房里做饭。徐琳琳知道他周末一整天都有课，但他会骑着自行车穿越大半个城市回家做一顿饭，吃完后又匆忙赶回学校。

"你可以不像老师一样一辈子都在钻研学术，但是老师希望你能找一个正经的工作……"她听见徐建儒正在打电话。

徐琳琳搬过一条凳子，挨着窗户坐下，她听见徐建儒似乎有些恼怒："……这钱是什么意思？你是在可怜老师吗？我跟你说，老师生活得挺好，老师不需要可怜。况且你看看你做的都是什么事儿，老师资助你读了大学又读研究生，你就这样回报？你有把老师教给你的用在正途上吗？"

她注意到玄关处的鞋柜顶上放着一个信封，徐琳琳取下信封拆开，里头是厚厚的一沓红色钞票。这时，徐建儒已经把菜全部都端出来了，他看见徐琳琳先是一愣，怒气未消的面庞霎时舒展开："琳琳来啦，饭做好了。这儿油烟大，你先上去等着。"

"这钱是谁的？"

"一个学生落在这儿的，我已经叫他过来取了。"

"你资助他上了大学？"徐琳琳死死盯着他。

徐建儒回避她的视线："嗯。"

"这钱是他回报你的吧？"她冷笑，"凭什么不要？"

"我不要他的钱。"

"你知道这么多年你女儿过着什么样的生活吗？你还有钱去资助别人？"她感觉自己心间的怒火即将喷涌而出，"你真无私。"

"琳琳，我知道我对不起你，"他叹了口气，"但这钱咱们真的不能要。"

"你不要，我收了，你是圣人，我是小人。"她把信封放进包里，就要往外走。

"徐琳琳你给我站住！"他突然把手里盛菜的盘子往地上一摔，"今天这钱你不能拿走！"

徐琳琳看着他怒不可遏的表情，胸腔里的怒火再也按捺不住，她伸手从包里拿出信封，往空中一扬，漫天飞舞的红色钞票散落一地。

她摔门而去，然而如她童年母亲离去时一样，徐建儒没有追出来。

回忆起来，那便是与徐建儒的最后一次见面了。将徐建儒的东西清理完毕，徐琳琳关上门，下午她要把钥匙交接给中介。没办法，这次葬礼直播看似挣了不少钱，然而经过直播平台四六分账后，进账其实仅够她还清利息，剩下的欠款，只能靠卖掉这套房子填补。

路过楼下信箱的时候，她看见徐建儒的那一格满满当当的，取出来清点，大多是一些垃圾广告。但有一个极具质感的信封夹杂其中，她拆开那封信，原来是封派送失败的退信：

致张奕城：

　　展信佳，见字如晤。奕城，上次你留在我家的钱，我已托你的同学转交给你。我在家思来想去几日，仍觉得那日与你通话口气太重了。你一直都是老师的骄傲，但老师的确对你选择的职业感到失望。汝辈新闻人当为社会钢铁脊梁，心系天下，执正直之言。而不是拿着他人的尸首做"聚宝盆"，敛不义之财。死亡是一个人走的最后一段路，它应当被尊重。望你能醒悟。

老师：徐建儒

徐琳琳这才反应过来，原来，张奕城就是自己父亲一直资助的那个学生！

4

这之后的很多天里，她都在想着徐建儒的那封退信。

"感谢'灰化肥挥发会发黑'哥哥送的小轮船。"她心不在焉地盯着直播间的弹幕，人气依旧很低，偶尔有人送个无关痛痒的小礼物，她便无关痛痒地表达一下感谢。

最让她感到烦躁的自然还是欠款，即便徐建儒的那套安置房能够卖得出去，也只是解了她的燃眉之急。接下来呢？由俭入奢易，由奢入俭难，她依旧会不断购入高价化妆品与奢侈品，那些都是她目前的经济状况承担不起的，她可没有第二个父亲可以死了。

突然她的手机振动了一下，直播间提示"细雨"进入直播间。那次葬礼直播，"细雨"一个人刷了十个火箭直接跃升为粉丝排行榜的第一名，一个火箭价值一万元，除去平台抽成，"细雨"让她收入了六万元。

她立刻挂上自认为最甜美的笑容："'细雨'哥哥你来啦？中午好啊！"

"细雨"不发一言，又为她刷了一个火箭，徐琳琳惊诧于他的阔绰，转而报之以极尽谄媚的姿态，处处跟"细雨"搭话，又专门为他献唱，但"细雨"始终没有发言，只是刷着一个又一个火箭。刷满了十个之后，默默退出了直播间。

徐琳琳正失望着，忽然后台收到"细雨"发来的一则消息："我跟你在一个城市，有兴趣的话，今天下午五点，在港湾酒店一起吃个饭好吗？"

徐琳琳脑子嗡地一响，港湾酒店是全市最高档的餐厅，只接受预约就餐。如果自己能攀上他，那什么都不缺了，如果再有手腕一点儿，嫁入豪门……在看到他的消息的那一刻，徐琳琳甚至连嫁入豪门之后要先在哪儿买房的计划都有了眉目。

"好的，那我让我的助理把文化沙龙的邀请给拒绝了吧。"她如是回复，子虚乌有的助理帮她拒绝了一场子虚乌有的文化沙龙邀请。

距离晚餐还有三小时，她开始在杂乱的衣柜里翻找衣物，一件接着一件地在自己身上比，然后化了自己最满意的妆，戴上尚未还完分期付款的贵重首饰——她忙碌着给自己打造一辆南瓜马车。

她故意晚了十五分钟到达餐厅，她坚信，对方等待自己的时间就像是一个写有价码的标签，不可虚高，但也不能贱卖，一个美丽的女人是值得花时间等待的。

"不好意思，路上有些堵车，我来晚了。"她看着面前这个男人，比自己年长些，却没有中年人的油腻，五官端正，与年龄不相符的花白头发尤为瞩目。

169

"没关系。"他为徐琳琳拉开椅子。

"我对你很感兴趣。"他开门见山,"你为什么想要直播自己父亲的葬礼呢?"

徐琳琳的笑容有些僵住:"我是一个主播,也算是个公众人物了……公众人物嘛,总是没什么自由与隐私的。而且我很爱我的父亲,我认为互联网是一个很好的平台,可以让许多并不认识他的人也参与他的追悼会,给予逝者更多的祝福。"

她一口气说了许多,事实上她已经预料到会与对方谈及这些,并提前打好了腹稿,出乎她意料的是,对方开口第一个问题便是这个。幸好,接下来的时间里,他并没有提出什么刁难的问题,一直到用餐结束,气氛都如徐琳琳预想的那般融洽。

他笑了笑:"我送你回家吧,我的车就在那个拐角处。"他的微笑像是平地惊雷,徐琳琳心头一颤,她曾在父亲的葬礼上见过这笑容——那个戴鸭舌帽的年轻人!

但这唐突的警觉也仅仅让她迟疑了一秒,在看见他印有鎏金车标的车钥匙之后,便点了点头。两人沿着街走,又跟随他拐进了一个胡同,穿过胡同,便是待拆的老城区,人流量少了许多。徐琳琳正在迟疑他为何把车停得这么远,他就为她拉开了车门,伸手示意她上车。

她报以微笑,踩着碎步过去,扶着他胳膊上车的一刹那,她突然察觉脖颈处一阵刺痛。她扭头看向他,瞳孔却无法对焦,幻影占据了她的绝大部分视野,随着心脏一颤,她感觉自己的意识慢慢脱离了肉体……

5

恍惚中,她听到一阵说话声,仿佛是从很遥远的地方传来。

"张导到了吗?"是马曲薇的声音,徐琳琳听得出她的声音,尖锐得让人觉得有些刻薄。

一个陌生的男声:"张导说他随后来,要我们先来现场布置。"

接着是高跟鞋来回敲击木质地板的声音，马曲薇在来回踱步："时间不多了，一定得赶在晚上七点前直播，错过这个黄金时间段，流量就要打折扣了。"

"放心吧，张导心里有数。"有人回答。

徐琳琳心头疑云密布，她想开口问马曲薇，但突然发觉身体仍是麻的，根本张不了嘴，唯一与外界连接的只有听觉。巨大的恐慌像惊雷一般在她心中炸响——她几乎失去了她身体的掌控权！

"刚才殡仪馆的人来过了，说晚上八点就得落葬，再晚尸体得臭了。"有人开口。

"知道了，有整整一小时的直播时间，足够了。"她听见马曲薇的脚步声正在接近自己，"琳琳啊，你放心走吧，我这次帮你请到了张奕城。"

怎么回事？自己……已经死了？

徐琳琳拼命回忆，她只记得自己款款向那个男人走去，把手搭在他的臂膀上，然后记忆便成了空白。怎么就……就这样死了呢？

"张导到了，可以开始直播了。"有人在大声喊。

接下来是马曲薇的声音："云翳沉沉，秋风送悲，山河呜咽，大地悲鸣。我最亲爱的好朋友徐琳琳小姐猝然离世，身为她最好的朋友，我很痛心，我也很内疚，内疚自己没有陪在她的身边。"马曲薇低声啜泣的声音与哀乐一同奏响。

她听见有人在低声说话："镜头对准尸体，对……缓缓拉出……编导，下一个镜头切空旷的田野，我需要一个隐喻蒙太奇。"

"张导，都没有人出席她的葬礼，没有切到场宾客是不是太怪了？"

"那也没办法了……二号机位，给我找一个具有压抑感的角度。"

徐琳琳心里一阵低落，对于自己已经死去的消息，她倒也坦然了，但是竟然没有一个人出席自己的葬礼，这更让她难过。原来除了马曲薇要借着葬礼捧红她自己，根本没有第二个人在乎她。

接下来，她的葬礼直播就在马曲薇一小时断断续续的哭啼中结束了。殡仪馆的工作人员叩开大门，喊着整齐划一的口号将她的棺材抬起，徐琳琳甚

171

至听见为首的那个工作人员小声抱怨了一句："真重！"

她听见车门关闭的声音，马曲薇似乎坐在前座，停止了直播，正在和工作人员搭话。

"刚才辛苦了。"马曲薇开口。

"不辛苦不辛苦，我刚听张导说，直播间观看人数破平台纪录了？"

"嗯……应该是……不过这都不重要，我只希望能借助互联网这个很好的平台，让更多人参与琳琳的追悼会。"她的话那样熟悉却又那样刺耳。

没有人再说话，徐琳琳听见发动机在身子底下轰鸣，风呼啸着钻进车窗。原来……人死之后是这样的一个景象，听觉遗留在这个世界上，它会伴随着自己的身体在土里腐烂吗？

大概半小时后，车停了下来，自己应该被抬下了车，因为她听见那个抱怨自己体重的工作人员正喘着粗气，而后她又听见沉闷的一声巨响——有人盖上了棺材板。她的世界变得一片寂静，她只能听见沙土有节奏地落在木板上的声音，如果她猜得没错的话，自己应该正在被掩埋。

绝望爬满她身体的每一个角落，无从躲避。

6

不知道过了多久，徐琳琳听到一阵声响，像是有人在拂开泥土，接着是木板被掀开的声音。

"醒来吧。"有人在轻声说，接着便是注射器的活塞推动药液的声音。

触觉、视觉、味觉重新回到了徐琳琳的体内，灵魂逐渐复苏，她睁开眼睛——夜已深沉，枝丫在黑暗中若隐若现。她坐了起来，看见一个身着黑色西装的男人站在不远处。

"看着自己的好姐妹，利用自己的身后事来换取利益，感觉如何？"男人转过头，头发仍是一片花白。

"你与她是同谋？"徐琳琳的声音有些发抖，被闺密背叛的恼怒几乎压抑不住,她质问道:"马曲薇人呢?"

"她已经回去了。"男人嗤笑一声,"我不是她的同谋,我只是把一个绝佳的机会摆在她的面前,踏着自己闺密的尸骨就能成为网红,她自然答应了,就像你当初打你父亲的主意那样。"

说着,他把插在西装手巾袋里的那只白玫瑰抽出,放在墓碑前,摆在"徐建儒"三个字正下方。

"你到底想干什么?"

"我原先以为,葬礼不过是把一具没失去了灵魂的尸体装进方形的盒子里,然后用土将它掩埋,直播葬礼跟直播一场戏剧没有分别。但当您去世,看见您的遗体成为别人交换利益的筹码时,我才明白,死亡也是人生的一部分,是一个人生命里的最后一段旅程,应该在亲友的祝福下安静地走完。"他低下头,"我错了,老师。"

"你是……张奕城。"她愕然。

"对不起,我也曾一直执迷不悟,但当我挚爱的老师去世,那种疼痛才使我醒悟。言语终究是没有说服力的,只有切肤的疼痛才能让人感同身受,才能知道死亡也应该被尊敬。

"老师说他很想念自己的女儿,但却始终联系不到。他的前妻不愿接受他后来赚到的钱,说那是在证明她的离去是个错误。所以他把对子女的爱都放在了我这个穷苦学生身上,但我却辜负了他。"

张奕城转过头来望着她:"我和你一样,也不明白世间的诸多情感,这些东西不是一两句话就能说清楚的,也不是金钱。或者黑白分明的对错能够衡量的。"

徐琳琳感觉自己胸腔里的愤怒突然被浇熄,她伫立在原地,陷入长久的沉默。不知何时,张奕城已经离开。

风终于拂开云翳,月光慢慢洒落在那支白玫瑰上。

面试官:黄浩炜

成为"水鬼"，收入百万

奇葩职人档案 编号 012

工程潜水员

✗

成功赚 3 万，不成功赚 100 万。

工 作 内 容

1. 资深潜水员
   游泳技能
   憋气技能
   求生技能

2. 幸运值 SSS

P.s. 对待封建迷信，宁可信其无，不可信其有。

非正常职业研究中心

个 人 信 息

彭强
男　潜水学院毕业
曾负责港珠澳大桥水下对接工作

备 注 说 明

行业中盛传，"鬼难过头七"，即"水鬼"往往干不到第七年就会意外死亡，除非有人替你去死。

1

在水系发达的农村，往往都有"水鬼"的传说，老人信誓旦旦地宣称，被溺死的冤魂终日在水底游荡，只有害死另一名游泳者作为自己的"替身"，才能获得最终的解脱。

小时候，这些故事大多是长辈恐吓我离开水边的手段，但没想到，成年后在警方的卷宗里，我再一次听到了这个说法。

我在警务系统里有个哥们叫沈司强，他知道我三教九流的朋友多，有时候遇到棘手的案子会找我求助，当然代价往往是案件水落石出后的独家新闻素材。

但这次的电话，却大大出乎了我的意料。

"阿川，你听说过……水鬼吗？"沈司强的第一句话，就令我毛骨悚然。

我有些怀疑自己的耳朵："老强，你没事吧？你可是老刑警了，什么时候开始信这些东西了？"

沈司强的话头一滞，哭笑不得地说："你想什么呢？我这边有个案子遇到了困难，唯一的线索断在了'水鬼'上。你平时鸡鸣狗盗的朋友比较多，帮我打听打听这'水鬼'到底是个什么东西。"

"什么鸡鸣狗盗？那叫三教九流无所不包！"我隔着电话啐了一口，"要我帮忙，你得让我知道怎么回事吧？这个新闻的独家采访权归我了，你等着，我马上过去。"

我打了个车直奔警察局，在沈司强的带领下去了他的办公室。他给我倒了杯茶，简单地和我介绍了一番案情。

昨天晚上，有个大爷到小云山水库钓鱼。这大爷是个狠角色，觉得能游到岸边的鱼都不够肥，便自己买了条橡皮筏，每天晚上开到湖中央夜钓。

那晚，他刚刚下竿，就觉得水底不停地晃荡，浮漂上下翻动，他眼睁睁地看着鱼群四散逃开，自己精心配制的饵料也毫无作用。正疑惑间，突然听到一阵水声，湖底漂起一团巨大的黑影，"砰"的一声撞在了他的船底。大爷一个踉跄，好不容易站稳身子低头看去——竟然是一具淹死的尸体，浑身被泡得肿胀发白，仰面朝上浮在水面，一双眼睛几乎要鼓出眼眶，直愣愣地盯着自己。

尸体附近还有一团黑影，大爷还没来得及反应，那黑影已经猛地沉入水中，眨眼间就消失在深水里。

但黑影消失前，大爷看得清清楚楚——那东西有手有脚，分明是个人的样子！

说完，沈司强叹了口气："死者是男性，年龄20岁左右。我们对尸体进行了面部检索，但是由于肿胀太严重，AI识别不出他的身份。而根据调查，本市最近一个月内也没有符合条件的年轻男性失踪。"

那位目击者大爷，则一口咬定凶手是水鬼："我亲眼看到的，有手有脚，像个人，钻到水里几小时都不出来换气，黑漆漆的……不是水鬼是什么？死的这个是被找了替身喽！"

我略一思索，对沈司强说："水鬼的说法我倒是听说过，南方农村有些河道经常发生意外，传言有水鬼存在。水鬼长得似人非人，藏在水下拽住人的脚踝，将游泳者溺死。据说他们本身也是淹死在河里的无辜者，但为了投胎，必须抓住另一个人作为自己的替身。"

沈司强摇了摇头："我干了几十年警察，从来没见过真的鬼，也不相信这些迷信的说法，但这个案件里确实有疑点。"

他顿了顿，把自己的思考一一道来。

首先，按照常理，人溺死后，尸体在水中泡两三天就会膨胀腐烂，从湖底浮到湖面，而尸检的结果也证明尸体的死亡时间在三天前。

但小云山水库的入口处有监控，并且由于通道狭窄，车辆无法进入。监控显示，三天内，并没有落单行人进入水库后失踪，也没有携带疑似尸体的可疑人员进入。

如果是自杀或意外，死者是怎么出现在水库的？如果是谋杀抛尸，凶手又是怎么把尸体运过来的？

其次，水鬼一说虽然荒诞，但并不排除水库内存在大型食肉生物的可能。只是一来警方尝试过用鲜肉诱捕等手段，并没有找到"水鬼"的踪迹，二来水库几乎供应着全市的用水，抽干排查也不太可能。

最后，真正让沈司强决定求助于我的，是法医发现的一处特殊的疑点。

"死者确实是被淹死的，但他的指甲缝和口鼻深处，有少量的沙土残留，"沈司强严肃地说，"这绝对是一起谋杀案件，凶手不是所谓的'水鬼'！"

2

沈司强继续说道："我们是内陆城市，绿化又做得不错，方圆100公里内基本没有自然沙土。那沙土的来源只有一个，就是工业用沙！"

我皱起了眉头："工业用沙？这么说你怀疑死者是建筑工地上的农民工？既然有线索，那顺着查下去就是了，找我做什么？"

沈司强苦笑一声："考虑到谋杀的可能性很大，如果我们直接调查，很可能会打草惊蛇，让凶手警惕从而潜逃。所以需要一个熟悉各大工地并且知根知底的人出面……"

"行了行了，我明白了，"我摆摆手，"我是认识这么个人，是本市最大的建材供应商，只要有工程项目，就必然有他的身影，还是我很久之前采访过的。这样吧，我带你去找他。"

我让沈司强换了一身便衣，直奔市中心，找到了一家卖炒粉的小摊儿。

此时刚刚傍晚，摊子上还没什么客人，老板掂着勺子，坐在炉灶前看着来来往往的行人发愣。

"老于，三碗粉，"我打了个招呼，"一碗你自己吃，来陪我们聊会儿天。"

老于笑着，从桌子下面端出一碟卤牛肉，提来一瓶白酒："沈记者来了还吃什么炒粉啊？咱们整两杯！"

他坐在我对面，于是我对沈司强介绍说："这是老于，全市八成的建材都要经他手，身家上亿，炒粉就图个乐子。"

听到我的话，老于眼睛一眯，仔细打量了沈司强几眼，看着他黝黑的皮肤，笑道："阿川，你这位大记者今天怎么了？带了个老总来找我？我可是遵纪守法的好公民。"

沈司强冷哼一声："能一眼看出我是便衣的，估计也好不到哪儿去。"

我颇为头痛，连连劝阻："怎么见面就吵架？正事儿还没谈呢。"

既然瞒不下去，我也就打开天窗说亮话，正色道："老于，这次我们是找你帮忙。这位是沈司强，最近遇到了一个水鬼的案子，需要熟悉工地的人……"

谁曾想，我刚一开口，"水鬼"两字才说出来，老于笑嘻嘻的脸色骤变，整个人都僵住了。他"腾"的一下站起来，满脸惶恐之色，嘴里连声喊道："别问我，我什么都不知道！"说完转身就走，连炒粉摊子都不要了。

有问题！沈司强没有丝毫犹豫，一个箭步蹿出，从背后将老于扑倒在地，一记抱摔加擒拿，就锁住了老于的半个身子。

我看老于龇牙咧嘴，颇为痛苦，凑过去示意沈司强放开，这才诧异地问："这可不能怪老沈了哈，老于，你都知道些什么？怎么反应这么大？"

老于还要辩解，沈司强眼神一厉，警告道："你现在不说，那就和我回局里说！"

老于挣扎不过，恨恨地吐了一口气："我说，我知道的都告诉你！"

待沈司强放开他，老于扭扭被捏疼的骨头，低声神秘地说："小云山在建的那个度假村，你们知道吗？"

度假村？是有这么回事，两个月前开的工，我还参加了他们的媒体发布会，离水库不到一公里的路程。

老于看我点头，满意地一笑："项目的包工头马天明，几天前就请来了一个水鬼。"

水鬼？我和沈司强对视一眼，兴奋不已。只是，水鬼还能请吗？而且建筑工地……请水鬼做什么？

3

老于继续解说，我和沈司强恍然大悟，原来我们说的"水鬼"和他口中的水鬼，根本不是一回事儿。

众所周知，土木工程的第一步，往往是打桩钻孔。但由于土层结构比较松散，钻孔极易坍塌，因此孔内需要灌入泥浆，加护孔壁。在此过程中，钻头一旦卡住或掉落，不仅会失去造价高昂的钻头，还会导致精心设计的孔位报废，带来巨额的经济损失。

这时，往往就会有专业的打捞人员潜入泥浆，将钻头捞起，这一工种的正式称呼是"工程潜水员"，但行业内则叫作"水鬼"。

由于难度大、风险高，常常有意外发生，"水鬼"下潜一次的报酬极高，而一旦困死在泥浆中，家人也会得到不菲的赔偿，江湖上流传着一句话："下水之后，上来三万，上不来一百万。"

这样的行为，不管是"水鬼"自己，还是雇人的老板，显然都是游走在法律的边缘，属于灰色地带。老于知道这是行业内的潜规则，也难怪一开始不愿意告诉沈司强这个警察。

度假村包工头马天明的行为最多算是打擦边球，和我们正在调查的案件没有什么联系。唉，白高兴一场了。

就在我沮丧的时候，沈司强突然激动地盯着老于，似乎想到了什么："你说的那个水鬼，最后上来了没有？"

我一开始有些发愣，但随之也反应过来——那具尸体死于溺水，但指甲缝和口鼻中有泥沙，不正像是被困死在泥浆下的水鬼吗？

可老于一句话就让我们泄了气："那是个老把式，手上功夫稳得很，虽然花了些时间，但最后还是把钻头捞上来了。"

线索中断，又回到了原点。按照之前的计划，我们此时应该拜托老于帮我们调查各大工地有没有失踪的农民工，从而确定死者的身份，再顺藤摸瓜，拽出死者的社交关系网，缩小嫌疑人的范围……

但我却总觉得不太对劲。死者的一切信息和老于口中的"水鬼"实在是太符合了，二者难道真的一点关系也没有吗？

沈司强已经和老于约好，由对方出面，找到合适的理由，让警队的便衣潜入各大工地调查。这可要花不少工夫，全市十几处施工场所，除了度假村之外，还有三家也与水库相隔不远，每家都有几百号工人，又都是流动人口……虽然警方肯定有一些手段加快速度，我肯定猜不到，但想必至少也要几天时间……

此时我的好奇心又开始作祟，唉，我想总有一天我会栽在这探索欲过剩的毛病上……我忍耐不住，一边暗骂自己，一边悄悄问老于："马天明请的那个水鬼，叫什么名字？"

"他叫彭强，干了七八年水鬼了，行内很少有能活到这么久的。"老于感慨了一句，就被沈司强拽走了。

有了名字，我又托了几个朋友，辗转了一夜，终于在第二天早上堵住了彭强。

"你是哪位？"彭强是个精瘦的汉子，剃着短平头，脸上带着疲惫之色，有些警惕地看着我。

我微笑着伸出手："我是一名记者，想采访一下你。"

4

"我听说你是个'水鬼'？"

"你从哪里听到的小道消息？我是个工程潜水员，正经潜水学院毕业的，之前一直在港珠澳大桥负责水下对接，只是最近几年承接了一些钻头打捞的工作。"

"原来是这样……彭先生，本月的十一日，你是不是在小云山度假村的工地上进行过钻头打捞？"

"没有的事，你别瞎扯。而且这是商业机密。"

"我从昨天开始一直在找你,发现一个有趣的现象。自从你那次打捞钻头回来后,就把今后一个月内已经谈好的工作都推掉了。你为什么会这么做?"

"我都说了,无可奉告。"

"你现在可以一句话都不说,但我必须提醒你,警察已经前往度假村调查了,如果发现了什么……或许我会是你唯一的舆论渠道。你现在不对我说话,过几天也不会有人为你说话。"

说出上面这句话的时候,我其实心里一直在打鼓。彭强说的没错,他确实没有义务把事情告诉我,我只是个记者而已。所谓的警察去度假村调查,也只是夸大其词,能否查出什么还不好说,我只是赌了一把,赌那次钻头打捞没那么简单,赌这个彭强心里有鬼。我嘴上轻松,心里却知道一旦说错话,这条线索就彻底断掉了。

但我还是决定诈他一次。幸运的是,我赌对了。

彭强沉默了许久,突然叹了口气,脸上露出回忆的神色,终于开了口:"那天,我穿着防护服、戴着氧气罩,钻进了泥浆里……下面能见度几乎为零,我一边摸索一边下潜,阻力很大,全靠身上的铅块带着我往下走。越往下,水压越大,潜到二十多米的时候,我的头晕晕的,但还是没有找到钻头。我有些着急了……

"这个时候,我摸到了一样长长的东西,心里很是兴奋,以为找到了,就顺着那东西摸了一圈,想把钩子挂上,这样上面就能把钻头拉上去。但摸了一会儿,我觉得手感不太对,钻头是铁的,但这个东西却更软一些,形状也不一样,一截一截的……后来我终于摸出来那是什么了……有手有脚有脑袋,这是一具人的尸体!

"这时对讲机响了,包工头马天明在上面问我找到没,我心里拔凉拔凉的,猜到是怎么回事了——之前已经下来过一个'水鬼',但是没能上去,这事儿他们瞒下来了!我知道,我如果这时候开口,他们知道我看到了尸体,只要在上面把绳子割断,我就再也别想上去了……我太害怕了,就……

就当作什么都没发生,又花了几分钟,终于找到钻头,挂上钩子,喊他们把我拉上去了……

"马天明看着我笑,给了我2万块钱,我心里却发寒……我没敢声张,拿了钱就走,但后来一下水就总能想到那具尸体……我琢磨着自己心理可能出了问题,所以推掉了其他的活,打算过几天找个心理医生看看……

"记者兄弟,这件事完全和我无关啊,我就是个潜水员而已,我下去的时候那人已经死了……"

听完彭强的话,我完全被震惊了,也顾不得其他,立刻给沈司强拨通了电话:"老沈,你在哪儿?度假村?在那里等我,不要放走马天明!我马上到!"

5

在大家疑惑的目光中,我气喘吁吁地冲进了工地。

这一片是正在建设中的度假村,对标的是高端休闲场所,虽然工地上乱糟糟的,但已经依稀能看出未来的整体规划——不远处几幢大楼正在打地基,周边的绿化也早早留出了位置,全场最核心的,则是一片已经挖好的人工湖和湖边的水景大剧院。

沈司强不动声色地走过来,拽了一下我的胳膊,拦住了我的步伐。人群中有个中年男人,慈眉善目,笑容可掬,凑过来问:"老于,这位是?"

老于显然也是被我的突然袭击打了个措手不及,他打了个哈哈:"这位啊,来,老马我给你介绍,这位是……"

他一边说,一边不停地朝我使眼色,清晰地表露出一个意思——是实话实说,还是编个身份糊弄马天明?

我没有让老于为难,摆摆手接过了话茬儿:"马老板,我是谁不重要。我来这边是想问您一个问题。"

马天明脸上的笑容淡去了,显然因为我的不礼貌而感到被冒犯,但众目睽睽之下又不好发作,他冷哼一声:"你说吧,我不保证能回答你。"

我看着他的眼睛,一字一顿地说:"那天掉进泥浆里的,仅仅是一个钻头吗?"

马天明脸色一变,瞬间苍白起来:"你说什么?我听不懂。"

沈司强敏锐地察觉到了马天明的心虚,立刻走上前亮明身份:"我是重案中队的沈司强,请你配合我们的调查!"

我指着还在施工的工地,大声喊了出来:"在彭强来之前,已经有一个水鬼死在工地上了!"

马天明还死不承认:"你有什么证据?是不是彭强说了什么?他长期面对水下的幽闭环境,精神早就不正常了!"

一直傻傻地看着这一切的老于突然一拍大腿:"我明白了!"他指着马天明的脑袋,大声骂了出来:"老马啊老马,你真是丧心病狂……想不到,你居然动了活祭的歪脑筋!"

老于解释说,他有几次来送建材,和工人闲聊时听说,度假村从开工之日起就总是不太平,施工机器动辄出现故障,还隔三差五就有工人受伤。

行业里有种迷信的说法,这种情况往往是风水不好,需要用一条人命来祭祀,保佑工程一切顺利。而"水鬼"由于工作的特殊性,是最容易操作的祭品。

"只要在水鬼的装备上稍微做一点手脚,他就必死无疑,"老于叹了口气,"造孽呀。"

"不,不是!"马天明大声辩解起来,"他是自找的!"

原来,当初钻头脱落时,马天明先吩咐施工队尝试自己打捞,无果之后,才无奈地决定请一个水鬼来。但就在他下决定的当晚,工人中的一位小年轻却悄悄地找上门来。

"他说自己是海边长大的,水性好,手脚灵活,说自己能搞定,只要三千。"马天明表情苦涩,"我舍不得花几万块请水鬼,就找人借了一套设备,晚上悄悄让他下去了……谁知道他再也没上来。"

183

"那尸体呢?你是不是抛尸在了小云山水库?"真相似乎就在眼前,沈司强的呼吸不由得急促起来。

谁料马天明却惊讶地抬起头来:"抛尸?怎么可能,这么多双眼睛,被人看到怎么办?彭强把钻头捞上来后的第二天,我就让人把水泥灌了下去,直接把这里封死了。"

我忍不住打了个寒战。一具尸体还被困在泥浆里,水泥就这么直接灌下去了?这……这还有人性吗?

想象一下,那个自告奋勇的小伙子,背井离乡来到大城市,寄希望于能出人头地、赚钱回家,却因为缺少知识与技能,只能在工地上做一个劳苦的农民工,过着看不到未来的日子。直到有一天,突然出现了这么一个机会……没错,这几千块要用命来搏,但对他来说,可能是唯一改变命运的契机了,他终于选择成为一名"水鬼"。

可能他已经想好了这笔钱到手之后,是给自己买一些过去不敢想的东西,是攒起来寄给家人;以后或许会再搏几次,抑或从此收手……

但他却因为紧张与生疏,在不熟悉的浑浊泥浆里面临危机。他浑身无力、呼吸困难,拼命挣扎着,却只能一点点耗尽力气、失去体温,困死在这片黑暗的泥淖中。

他的尸体变得僵硬肿胀,在泥浆中翻腾下坠,而在孔洞的上方,那个亲手将他送下深渊的人,却指挥着大家将水泥灌下,将他的尸体永远封在了混凝土里……

6

沈司强的脸色一下子凝重起来,他立刻打电话呼叫增援,让迅速赶来的警察们封锁现场、控制马天明,同时调集设备,准备挖开水泥,将那个水鬼的尸体挖出。

此时,由于我的横生枝节,从彭强处挖出的线索算是查出了结果。马天明垂头丧气,即将接受法律的制裁,但我和沈司强的心情都并不太好。

没错,我们阴差阳错地发现了又一个可能会被永远掩埋的真相,但这并不是我们的初衷。度假村工地发生的这些事,和水库浮尸根本毫无关联,我们并没有新的进展,而是绕了一个大圈子后又回到了原点。

沈司强拍了拍我的肩膀:"怎么样,体会到我们警察的难处了吧?以后报纸上少骂骂我们。这种事,我可是经常碰到。"

我勉强挤出一个笑容,依旧轻松不起来。

这时,工地上突然传来"砰"的一声,那是水泥块碎裂的声响——他们把钻洞的水泥破开了。

接着,马天明难以置信的声音响了起来:"不可能!他应该在这儿的……应该在的!"

我们走过去稍一询问,得知了现场的情况,也一下子震惊了。

水泥里……没有尸体!那个死去的"水鬼"不在里面!

马天明已经吓傻了,他瘫坐在地上,看着碎裂一地的水泥块,喃喃自语着旁人听不懂的话。沈司强走过去,揪着马天明的领口把他拉起来:"你确定你把他封在水泥里了吗?"

"我亲眼看见的,水泥全灌进去了,他活着都没能上来,死了怎么可能出来?有鬼!诈尸了!"马天明发疯一般地大喊。

"有没有可能是尸体被人挪走了?马天明要么在骗我们,要么自己也不知道。"我问。

老于凑了过来,摇摇头说:"我刚才问过了,因为工地上很多材料金贵,几个入口工人们都看得很严,一具尸体出入太明显了,不可能一点都不被发现。"

"除非所有工人串通好了糊弄我们,"沈司强苦笑,"但你觉得可能吗?"

"水鬼的尸体……"我念叨了两句,脑子里突然出现了一个不可思议的念头,"老沈,有水库浮尸的照片吗?给马天明看看。"

沈司强似乎也明白了我的意思,把手机上的照片递给了马天明:"这是前几天有人在水库中发现的尸体,目击者说,这是水鬼害死的。"

马天明看了一眼,立刻尖叫起来:"没错,就是他!他果然变成了鬼……水鬼……他来找我报仇了!"

沈司强收起手机,冲我点点头。

死者的身份确认了,死因也确认了。但是……一具尸体,究竟是怎么从混凝土里瞬移到了一公里外的水库?那个被钓鱼大爷看到的另一个"水鬼"又是什么?

迷雾,依旧笼罩在真相之上。

7

将工地封锁之后,警察抓捕马天明回到警局,这时沈司强才有空捶了一下我的肩膀:"行啊你小子,怎么抓到老狐狸把柄的?"

我得意地一笑,把自己如何不甘心地调查彭强,又如何追上门堵截,并诈出秘密的一系列操作说了出来。

沈司强感慨地说:"多亏了有你,不然彭强这条线索就被忽略了。不过你问的东西太浅了,还远远不够。"

他扭头安排手下的警员去把彭强带回来协助调查,可过了一会儿,却反馈回来一个意外的消息——彭强失踪了!

沈司强一下子站了起来,面色严肃,和我对视一眼,意识到这件案子背后的隐情远比我们想象的更多。

沈司强亲自带队,和几名最精锐的刑警前往彭强的家中寻找线索,希望能够找到他失踪的原因。究竟是另有黑手将其杀害,还是彭强做贼心虚,自己也与这个案子脱不开干系?

哪怕我与沈司强的关系再好,这种搜查线索的任务也不可能带我一个外人同行,我只能在警局中焦急地等待。几小时后,沈司强黑着脸回来了。

"发现了什么?"我急忙上前追问。

沈司强咬着牙说:"彭强的家中布置整洁,丝毫没有凌乱,说明他是有预谋地主动离开。不过因为匆忙，他来不及带走所有东西，我们还是找到了一些蛛丝马迹。"

"在他家库房里，发现了好几套简易潜水设备，根据鉴定正是属于'水鬼'的专用设备。其中一套使用痕迹最重，应该是彭强自用的，整体状态完好。其他的几套都或多或少存在破损，而这些破损……可能会影响到水下的工作状态，甚至引发危险。"

我突然想到之前调查彭强背景信息时听到的一件事，惊讶地问："我听说彭强因为在圈内资历最老，为人所信服，所以也兼职做设备租赁……"

"没错！"沈司强恨恨地一砸桌子，"根据马天明交代，他的那套设备也是从彭强那里租来的。按理说应该已经和死去的水鬼一起埋在水泥下面了，但水库的浮尸身上却是赤裸的！今天我们在彭强家找到了这套设备……经过检查发现氧气管上有条细微的裂缝！"

本应属于尸体的潜水设备出现在了彭强家？那岂不是说明，彭强曾经接触过尸体，并且是在尸体被抛到水库之前！这几乎可以板上钉钉地证明，水库的浮尸就是他所为。

但根据马天明的供词，彭强捞回钻头后，是独自一人离开的，后来也没有返回过工地。他是怎么做到在工人的看守之下，仅仅一夜之间将尸体转移的呢？

从设备上的破损情况来看，他或许是为了掩盖自己的责任。可既然这样，他只要等待水泥灌下，马天明就会帮他把真相掩盖，为什么要多此一举？

而且……我忍不住问道："彭强为什么要把尸体的事情告诉我呢？这不是主动暴露了吗？"

面对我的疑问，沈司强一愣，随后反应了过来："恐怕他已经做好了潜逃的准备。他从你那里知道警察已经盯上了度假村工地，马天明根本禁不起查，罪行被发现是迟早的事情。所以他主动透露尸体转移我们的注意力，为自己潜逃提供便利。这说明他心里的鬼远远不止一件破损设备这么简单！"

幸好，如今沈司强已经迅速意识到了真相，调集警力搜查，一个反侦察经验不算高的普通人，又能逃到哪里去呢？

果然，彭强在火车站候车时，被当场抓获。

8

审讯彭强的时候，老于因为丰富的业内经验，以专业顾问的形式进行协助，而我则夹在老于和沈司强中间，蹭进去旁听。

"在你家中发现的设备上都存在损坏的痕迹，你有什么想说的？"沈司强沉声问。

彭强心理素质极好，他毫不在意地笑了笑："设备用的时间长了，有些损坏不是很正常的吗？"

"但这些损坏痕迹都是人为的，并且都在氧气管、减压器这些关键部件上！"沈司强拍了下桌子，"老实交代！"

彭强低下头，不愿意说话了。

沈司强一瞪眼，刚要说什么，老于突然开了口："如果我没猜错的话，是替身吧？"

彭强低着的头颅几不可察地一颤。

老于继续说："水鬼这行风险高，每次下水都要拿命搏，没人敢说自己能安全一辈子。但你生活奢侈，离不开下水赚快钱……行内有个说法叫'鬼难过头七'，说的就是水鬼往往干不到第七年，除非有人替你去死。所以你故意把有问题的设备租给行业里的新手，导致他们的事故率大大增高。我说怎么这几年本地水鬼越来越难上岸了……你好狠心啊！"

彭强就像茅厕里的石头，又臭又硬，死活不肯松口，审讯一时间陷入了僵持之中。沈司强走出审讯室，紧紧握住了拳头："证据……我需要可以作为突破口的证据。"

我拽住了刚刚走出来、愤然作色的老于，问他："以你的经验判断，他是用什么手段把尸体转移的？会不会留下什么证据？"

老于眉头紧锁："我得去现场再仔细检查一遍。"

沈司强同意了，带着我们赶到度假村工地，几个人围着钻孔的位置看了半天。老于甚至跳到钻孔里摸了摸坑底，还是一无所获。

"我们问过值班的工人了，那天晚上没人进来过。这彭强神不知鬼不觉地跑进工地还搬走了一具尸体……他要么会飞，要么能土遁。"沈司强叹了口气。

"土遁？"老于突然眼睛一亮，转着圈子又看了一眼工地，"能从地下走的，不一定是土遁，也可能是水遁！"

他激动地指着不远处的人工湖说："工地上用水量很大，而郊区又运水不便，所以施工队第一步就是凿出了一个人工湖，湖水通过地下水道与一公里外的水库相连。别忘了，'水鬼'的本质是潜水员！"

在老于的指挥下，施工队堵上了人工湖的入水口，将湖水抽干，终于在湖底找到了一个废弃的配重铅块。这是潜水员下潜时用的，想必是彭强带着尸体转移时，因为行动不便而被迫扔下的。

当看到氧气罐时，彭强的心理防线终于打开了缺口，因为慌乱出现了破绽，被一点点询问出了事情的真相。

原来，按照正常的流程，彭强的"替身"出意外后，作为包工头的马天明应该赔偿一笔买命钱，这事儿就能顺利隐瞒下去。但没想到，因为"替身"死亡时没有他人在场，马天明起了不该有的心思，想直接用水泥封住钻孔，把事瞒下，省下这近百万的赔偿金。

"姓马的没文化，可我清楚，钻孔的水泥里是不能埋人的，那样密度不均匀，以后的承重会出问题，最多一两年，楼肯定塌，尸体和设备的事根本瞒不住。"彭强恨恨地说。

正因如此，他离开工地后，当晚就穿戴好潜水设备从水库潜入，通过相连的地下水道进入人工湖，借助夜色与地下水道的掩护和帮助，转移走了尸体。

那晚钓鱼大爷见到的"水鬼"，正是穿着潜水服的彭强，他也没有想到抛尸时会遇到目击者。在那之后，他就心中不安，已经做好了潜逃的准备，所以才推掉了已经接下的所有打捞工作。

"我本来还想再准备几天，把家里的设备处理一下。但那天听这个记者说警察已经开始调查，我就知道……不能再等了，必须立刻就走，"彭强似乎有些遗憾，"我还特意透露了尸体的线索，就是希望能把警察都引过去，给我争取更多的时间。"

听到这话，沈司强瞪了我一眼，很明显地透露出一个信息：让你添乱，差点就让他跑了！

真相大白，我和沈司强终于可以松一口气了。但准备休息时，我却看到老于有些闷闷不乐。

"怎么了老于？你可是这次的大功臣，不愧是老前辈！"我冲他竖起了大拇指。

老于脸上并无喜色，哑着嗓子说："这次的水鬼找替身，他露出了马脚。但彭强前几年用同样的手段害死的人，却没有证据能够证明了。我不甘心，我相信这不只是推测而已。"

看着老于落寞的背影，我也不由得陷入了沉思。

是啊，之前几年那些枉死"水鬼"，到底是意外，还是被找了"替身"呢？

面试官：川戈

我们是白日践行者,亦是暗夜守护人。
现在,真相就在眼前,你准备好了吗?

——张木可

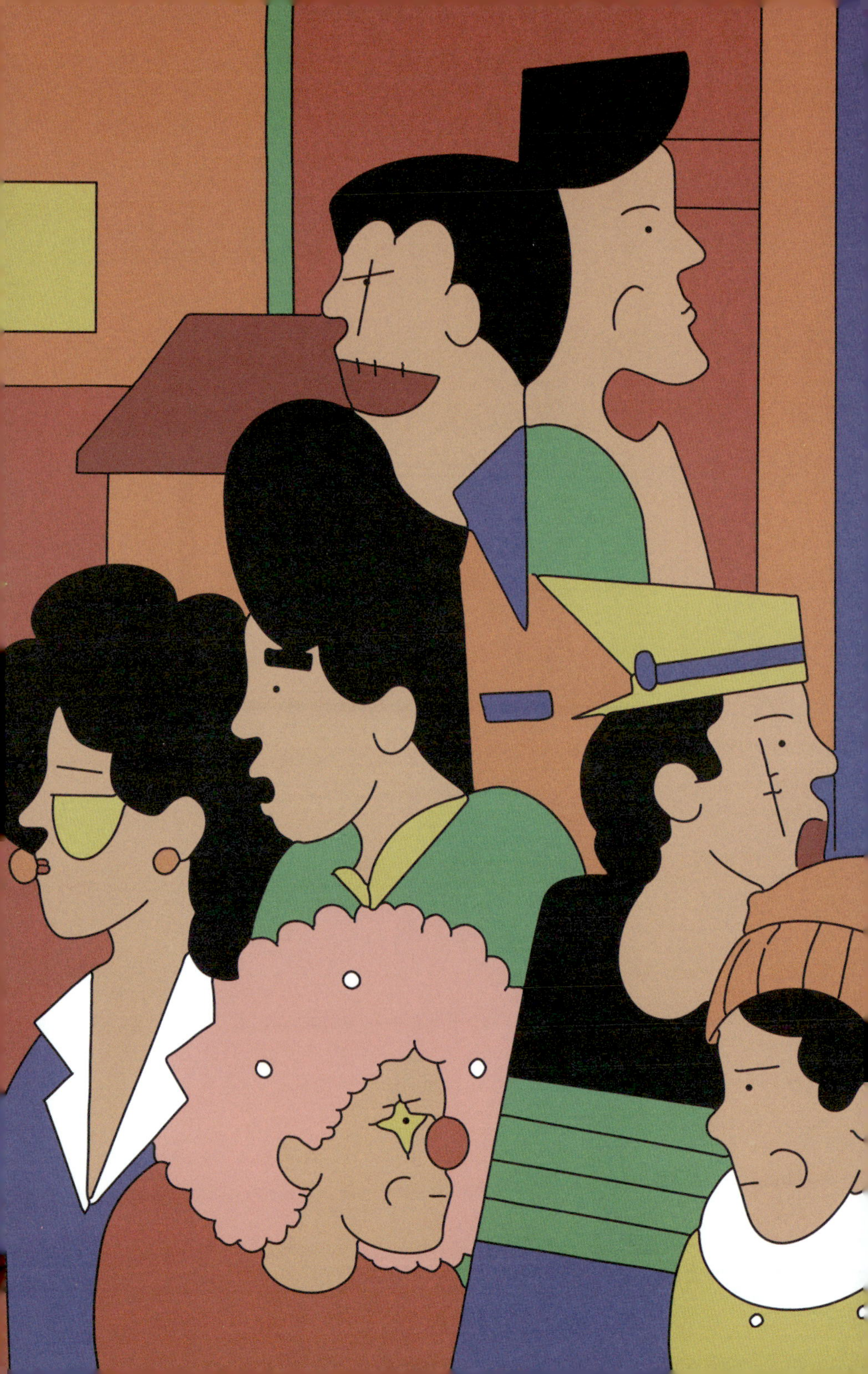

终极面试

| 终　极　面　试 |

亲爱的"天选之子":

想必你已经通过我在"卷首语"中留下的提示,

一步步找到了开启终极面试的四字口令吧?

那么,请将它告诉我吧。

#惊人院公众号二维码#

(扫描二维码,输入答案解锁终极面试)

请在获得"张木可"的认证后,翻阅下一页。

TO 天之骄子

恭喜你来到最终面试。

通过这最后一道难关，你就能正式成为"惊人院"的一员，与我们并肩作战。

请原谅这次面试的繁琐与困难，因为考验你的人不只是我，还有"惊人院"。我们层层筛选，只因为我们面对着危险的敌人——"深眼"组织。他们无孔不入，潜入星河区各种场所，窃取了大量机密与隐私，无数人都因此成为了他们手下的棋子，他们更是依靠此改变了许多事情的走向。

为了你的人身安全，在接受面试之前，请允许我讲一个故事吧。

一切都要从那位被称为"林哥"的前辈说起，是的，我至今不知道他的全名。

他算是我的引路师父，我刚加入惊人院的时候，工作难度并不高，但种类却五花八门——帮人运送包裹、从老太太家里偷一个保险柜、帮人销毁一些黑车之类的——但真的没有我想象中那么可怕。

那时林哥教会我很多东西——如何利用人们的弱点让他们替我做事，如何构建稳固的人际关系网络，如何在一笔委托中尽量隐藏自己出现过的痕迹……这些技巧让我在后来的工作中如鱼得水。

熟悉了这些流程之后，我就开始独立接单。然后，就发生了那件事——

那一单工作的内容是从一个清洁员手里获得一份数据资料，不留任何备份。

清洁员并不知道那是什么，没费什么力气，我拿到了 U 盘。我按照约定时间，将东西交付给了客户。但那之后，我的噩梦就开始了。

就在第二天，我发现家门外开始出现陌生人，电话有被监听的迹象，平常惯走的那条路上也有人跟踪我。

我被什么人盯上了。

某天夜里，他们终于忍不住在我家附近的公园里动了手。因为我每天晚上都会去那里遛狗，而且那公园很大，没有人的角落很多，随时可以射杀我。我当然可以躲在家里不出门，但我女友并不知道我在做这么危险的工作，我不能让她担心，所以还是照常带着狗出了门。

公园的每个出口都有一个人守着，我佯装什么都不知道，牵着狗在公园里走了一圈。迎面走来的那个男人戴了一副墨镜，手卡在腰间。

我揣测着他的计划，深吸一口气，迎着他走过去，同时在心里默数——他从腰间掏出枪的那一刻，我听到警笛声，警察举着枪从我身后包抄，快步走上前，怒喝着"举起双手"。

墨镜男甚至没有反应过来，高举双手，枪挂在他右手拇指上。

然后我从他旁边走了过去，带着我的狗，安然无恙。所以说，人要活用学到的一切技巧，不管别人如何，都要提前制定好你自己的计划。

我想不用我说，你也知道是谁盯上我了吧？毕竟就算我们有职业操守，客户也不一定相信我们。况且那份资料对他们那么重要，也许从我接手这个任务的开始，就已经被他们列入死亡名单了。

毕竟只有死人才是不会泄露秘密的。

我的确说过要尊重客户的隐私，但现在他已经不是我的客户了。

不过，在我告诉你那份资料到底是什么之前，你还记得那起"石峰小区女子被火烧"的事件吗？就是为了躲避前男友的纠缠，而租住在石峰小区的那个可怜女孩。她躲了那么久，最后还是被疯狂的前男友找到，强行破门而入，刺了数刀，不治身亡。

虽然男方被拘捕判刑，但那个女孩搬家的时候，只告诉了父母，甚至没有告诉任何一个朋友她的位置……她是怎么被找到的？

我记得你的简历上好像写了"熟悉社交网络"，那你一定知道异网公司吧？就是目前网络上最大的社交分享平台"微聊"所属的公司。

那女孩在出事前一天在微聊上发了一条动态，甚至都没有带任何地点名称，就直接被微聊的服务器抓取了信息，在她不知道的情况下将这个位置推送给了"可能认识她的人"。

那只 U 盘的资料里就是成千上万桩这样类似的事件——非法的信息抓取、信息泄露……以及运行这份代码的测试记录。要是这份文件暴露了，异网公司可能要赔不少钱。

总之，为了获取真相，我潜入了异网技术部高管的办公室，并成功开启了他的电脑。

我本没有抱太大期望，毕竟这种人的防侦察意识都很强，但是……这家伙远比我想象得大胆。

公司里的邮件按理说都会被程序监控，但他自己写了一道后门程序，用于摆脱监视，和一个未命名的邮箱进行交流。

我不知道那边的人承诺给这位技术部高管多少钱，但想必很多，否则他不会把公司的核心代码和大部分隐私文件都加密发送给对方……甚至在那些文件里还有一些高层行贿的证据。

拷贝完成后，我迅速撤离了现场。看来是这个人将公司客户的核心资料都卖给了神秘人。也就是说，使用异网产品的所有人，都失去了隐私权。

我记得未命名邮箱的末尾标注了"深眼"字样，那时我还不知道深眼代表着什么。

我只是怀疑，"深眼"不是一个人，它可能是一群人，甚至是一个更庞大的系统组织。

做我们这行要有敏锐的嗅觉，所以我让女朋友先离开原来住的屋子，搬到新家，毕竟我现在调查的东西可能会牵扯出连想象也想象不到的秘密。

我把这件事告诉了林哥，希望能获得一些帮助。林哥很快给出答复，说他会接手这件事，和我一起调查。

然后我从林哥那里得到消息，要一起去仓库蹲点。

每次想到这里的时候，我就会有点紧张。此刻，我的手都发抖了，毕竟真的非常……惊心动魄。

仓库里有光，我和林哥对视一眼，打了个手势，看来计划很成功。我在前，林哥垫后，我们几乎是背贴背走进仓库里面的。

天花板上的吊灯"咿咿呀呀"的,好像随时会掉下来。光线很暗,我只能看到椅子上坐了一个人,看不清楚相貌。林哥拍了拍我的肩膀,让我小心前进。我点头,蹭着墙根向屋子中央走去。

距离那个人仅剩几米远的时候,我停下来问:"你就是'深眼'?"

那个人听见声音,慢慢抬起头来。当她的脸从阴影中显露出来的时候,我整个人都僵在了那里。因为坐在椅子上的——不对,是被绑在椅子上的,是我的女友。

我几乎就要立刻往前,下个瞬间,林哥的枪口抵在了我的背心。他用当初教导我时的那种语调,缓慢地说:"不要乱动。"

那一刻我才明白,我一直以来追查的"深眼"到底是谁。

"你是'深眼'?你背叛了惊人院?"我迫不及待地想知道答案。

他拽着我的肩膀,卸下了我身上所有的武器:"'深眼'并不是一个人,它的人数比你想象中多得多,我只是其中一个微不足道的成员而已。在惊人院当卧底,也只是我的无数任务之一。"

"你们到底想要干什么?"

林哥摇摇头,没有直接回答我的问题,而是在我的衣袋里摸索,直到找出那个我用来拷贝资料的U盘。

"你知道现代社会,最有价值的东西是什么吗?"林哥笑了笑,"是信息。"

"这就是你们的目的?盗取和贩卖别人的信息?"说这话的时候,我在看我的女友,她是被打昏了绑过来的,看起来还昏昏沉沉的样子。

"不,我们做的,比你想象得多。"林哥说着,捆住了我的双手。

"你们到底是谁?"我被他推着前进,然后转过身来,对着他黑黢黢的枪口。

"你不用知道。"他给手枪上膛。

我的手里有一片很薄的金属片,可以切断绳索。在林哥开枪之前,我向前一冲,用额头狠狠撞了他一下。林哥踉跄着后退了几步,双手一解开,我就扑上去。毕竟论体格，我还是有优势的。

后来……我当然活下来了，否则也不会在这里主持"2021奇葩职业大赏"了。只是我的命，是用另一个人的命换来的。

林哥那把枪飞射的流弹打中了我的女友，她几乎是当场毙命，而我为了逃出去，没能把她带走……她的尸体就留在那里……

深眼，一个窃取了无数人隐私的危险组织。他们的成员遍布全球，藏身于各种公司、组织中，方便他们从各种地方控制信息。而林哥便是藏在"惊人院"中的深眼间谍，院长也承认，这是他的一次疏漏。

在那件事之后，我逃了一阵子。直到惊人院第二培植中心的负责人"石习生"找到我。

我们基层研究员很少见到他，却知道他是高智商的程序员。他说他也已经调查"深眼"一段时间了，希望得到我的帮助，以及招募到更多同伴。

所以现在，我要郑重地询问你，是否愿意加入我们？

可在线上输入：

| 我愿意 | 我不愿意 |

张木可

123-456-7890
no_reply@example.com

星河区 404 号

简历

概况
男，1994.2.23。性格不开朗、不稳重，不具备吃苦耐劳、乐观积极等优良品质。对事物有独特见解，目光敏锐，思维奇异，人送外号"痞子侦探"。

经历
星河区；惊人院，外派研究员——2018.5 - 现在
2018 年，被惊人院录用，由前辈"林哥"带领，从事外派任务。
2019 年，发现深眼组织，被前辈"林哥"背叛，女友死亡。
2020 年，成为惊人院第二培植中心负责人"石习生"旗下的外派研究员。主要负责"深眼"组织调查、人员招募工作。
星河区；红河诊所，助理医师——2017.7 - 2018.4
2017 年，在红河诊所担任助理医师，因医疗事故，被开除。
星河区；独角兽游乐场，售票员（实习）——2016.7 - 2016.12
大四时，曾在独角兽游乐场实习，但因未知原因，实习中断，被开除。
星河区；圆梦电影院，售票员（实习）——2016.2 - 2016.6
大三时，曾在圆梦电影院实习，但因未知原因，实习中断，被开除。

教育
星河区；星河大学——本科，2017.7
毕业于星河大学医学院。

爱好
喜欢读书，例如《惊人院行为准则》《一个帅气的侦探，是如何诞生的？》等；
喜欢唱歌，例如《花丹丹山开红艳艳》《赶牲灵》《蓝精灵》等。

技能
睁眼说瞎话；
擅长发现一切蛛丝马迹；
被背叛触发值 100%；
逻辑推理能力一流；
致力于在不正经方面，达到国际领先水平。

这里是测试结果的计分规则，算算看吧：

A——0分　B——5分　C——10分

对了，刚才你顺利协助我们抓获林哥，作为奖励，你可以获得额外的5分。

所以你的总得分是：_____

拿着吧，这是你的 Offer。

【结局1-玩偶医院】
（5-10分）

　　你没有通过张木可的面试，但你敢想敢做的性格得到了其他面试官的认可，经过多轮测试，你得到了一封来自玩偶医院的 Offer。

　　尽管你不适合做那些大开大合的事情，但你工作非常细致，对于玩偶的修补也并不仅仅停留在"缝好"这个层面。你善于倾听每一个玩偶背后的故事，和许多客户建立了深厚的情感联结。

　　你让每一件回到客户手中的玩偶都成为了珍宝，于是很快，你成为了玩偶医院最受欢迎的医生。

【结局2-社畜有限公司】
（15-25分）

你没有通过张木可的面试，但你兢兢业业的工作态度得到了其他面试官的认可，经过多轮测试，你得到了一封来自社畜有限公司的Offer。

其实这个世界能够运转，离不开所谓的社畜——尽管他们不停地抱怨着自己的生活、抱怨着自己的身份、抱怨着自己所做的螺丝钉一样的工作——你深知这一点，你比任何人都更了解社畜这个群体。

所以你总是能够精准击中他们的痛点，捕捉他们情感上的需求。在加入社畜有限公司的几年后，你成长为了这家公司最受欢迎、业绩最高的业务员。

【结局3-天赋交易所】
（30-40分）

你没有通过张木可的面试，但你敏锐的观察力得到了其他面试官的认可，经过多轮测试，你得到了一封来自天赋交易所的Offer。

在这个世界上还潜藏着许多拥有天赋的人。他们有的人或许知道自己有着异于常人的能力，有的人或许不自知。而你的任务就是需要找到他们，引导他们，让他们运用天赋为自己或他人创造更幸福的生活。

这并不是一份容易的工作，你需要观察力去找到这群人，你也需要晓之以理动之以情，让他们合理利用天赋。许多年后，在天赋异人圈层里，你的名字和响亮的"发掘者"称号经久不衰，家喻户晓。

【结局4-惊人院】
（45-55分）

你通过了张木可的面试，现在，你获得了一封来自惊人院的Offer。

当然，目前你和惊人院还只是合作关系，你真正的上级是张木可本人。但是加入了惊人院，你需要面对的就是一个崭新的世界，一个充斥着奇人异物、多方势力的世界。加入惊人院，即代表你抛弃了原本平静安稳的生活。

不过这个世界上，总需要有人来做超级英雄不是吗？尽管你现在还不是，但毕竟超级英雄所代表的不仅仅是一个名字或是一种能力，更重要的还是一份责任。相信不久以后，你一定能扛起这份重大的责任。

虽然林哥被成功抓获，但关于"深眼"的事情还远远没有结束。这个组织的势力超乎想象，收拾好你的行囊，准备好和张木可一起前往下一段旅程吧。

惊人院是什么？

非正常事件研究中心
位于星河区404号
致力于搜集和研究世间所有非正常事件，并以文字、图片、声音录像、游戏等形式归档整理，供世人传阅。

什么是非正常系列MOOK？

除惊人院外，在星河区还有许多神奇的地方，比如奇葩人才市场、圆梦电影院、怪病诊疗所等。
每个地标都有自己的非正常事件，将通过"非正常系列MOOK"展示在世人面前。

可查阅：

* VOL.01《非正常职业研究中心》
* VOL.02 权限待开放……
* VOL.03 权限待开放……

敬请期待

查阅平台

公众号「惊人院」（jingrenyuan）

扫码进入新次元

策划机构｜惊人院
出版统筹｜杨天意
监　　制｜孙三三　王楷威
策划编辑｜董子鹤
特约策划｜二　树　宪　达
责任编辑｜李静媛
书籍设计｜王彼得　刘珍珍
插画绘图｜何必呢　木易燃　阿稞

非正常职业研究中心
JINGRENYUAN UNUSUAL